KB058626

너무 일찍
철들어버린 청춘에게

시인의 시 읽기

너무 일찍 철들어버린 청춘에게

장석주 지음

21세기북스

시, 선택받은 자들의 빵

나는 14세 때 처음 시를 접하고, 15세 때 처음 시를 썼다.

일간지 신춘문예에 시가 당선하고 마흔 해 동안 시를 읽고 써왔다.

개인 시집을 열다섯 권이나 내고, 평론을 겸업하며 낸 평론집만도 십여 권이다.

대학에서 시를 가르치고 문학상 심사에도 나선 적이 있다.

그러나 아직도 나는 시가 뭔지 모른다. 시는 전적으로 무의식에서 솟구치는 우연의 산물이다. 그래서 시는 심오하고 어렵다. 내가 아는 것은 시인의 일이 영업 판촉 인력의 일과는 다르다는 것. 영업 판촉 인력은 자기가 팔아야 할 제품을 친절하게 설명하지만, 시인들은 전혀 그렇지 않다는 얘기다.

시를 쓰는 일은 사람들이 일반적으로 추구하는 지위, 재산, 권력과 아무 상관이 없다.

시는 세상의 도덕률을 높이지도 않을 뿐더러, 심지어 시인 중에는 더러 세상의 평균 도덕률보다 현저하게 낮은 방탕하고 타락한 삶을 사는 경우도 없지 않다. 『악의 꽃』이란 시집을 내고 시성詩聖으로 추앙받는 샤를 피에르 보들레르Charles Pierre Baudelaire가 그렇고, 스무 살에 이미 시업을 작파해버리는 장 니콜라 아르튀르 랭보Jean Nicolas Arthur Rimbaud가 그렇고, 생의 크나큰 불운을 품고 살다가 얼마 전 세상을 뜬 우리의 P시인도 그랬다. 시가 심미적 형성력은 가졌지만, 보편적 이성의 길에서 벗어나는 바가 있기 때문이다. 시인은 궤도에서 이탈해 우주를 떠도는 혜성, 늦여름의 매미, 가을의 숲을 보고 뜻 없이 짖는 개다.

공익성만을 따지자면, 시인들은 인류 문명 건설에 아무 보탬도 되지 않는다. 평생 시가 뭔지 모르고 시집 한 권 읽지 않아도 사는 데 불편할 일은 없을 테다. 시를 읽는 것과 읽지 않는 것을 가르는 차이란 모자를 쓰는 것과 쓰지 않는 것 정도로 사소한 것일 뿐. 그러나 분명한 사실은 시를 읽지 않는 삶보다 시를 읽는 삶이 조금이라도 더 좋다는 점이다. 시를 읽으면 어떤 점이 좋을까? 시를 읽는 사람은 그렇지 않은 사람에 견줘 감정이 화사해지고, 감수성과 취향의 세계가 풍성해지며, 결과적으로 삶이 윤택해진다.

오호, 그렇다면 시란 무엇일까? 노벨문학상을 받은 바 있는 옥타비오 파스Octavio Paz가 쓴 『활과 리라』를 인용하자. "시는 앎이고 구원이며 힘이고 포기이다. 시의 기능은 세상을 변화시키는 것이며 시적 행위는 본래 혁명적인 것이지만 정신의 수련으로서 내면적 해방의 방법이기도 하다. 시는 이 세계를 드러내면서 다른 세계를 창조한다. 시는 선택받은 자들의 빵이자 저주받은 양식이다." 나는 시가 앎이고 구원이며, 시가 다른 세상을 창조한다고 선뜻 말할 수는 없지만 시가 "선택받은 자들의 빵이자 저주받은 양식"이라는 말에는 금세 공감한다.

어린 아들이 있다면, 함께 들길을 걷지만, 울 일이 있을 때는 저 혼자 울도록 하겠다.

여름철 몇 날 며칠 소나기 내릴 때 마루에 아들과 나란히 앉아 시를 읽겠다.

어린 자식을 시집 한 권 읽지 못한 몽매한 인간으로 키우고 싶지 않다.

어린 자식을 느낌과 감정과 직관의 세계 따위는 모르는 문맹으로 키우고 싶지 않다.

이 책의 문장들은 내가 『톱클래스』라는 월간지에 연재했던 글들 중에서 가려 뽑은 것들이다. 나는 이 월간지에 아홉 해 동안 '장석주의 시와 시인을 찾아서' 칼럼을 기고하고 있는 중이다. 책에 게재할 수 있도록 허락해주신 시인과 출판사, 그리고 책으로 엮어주신 21세기북스 편집자 들께도 두루 감사드린다.

시를 일용할 양식으로 삼는 자에게 지복을 내려주소서.
그들의 직관과 영감을 축복하셔서 세상을 나날이 새롭게 바꾸게 하소서!

2015년 4월 초순, 서울 서교동에서
장석주 씀.

차례

1장

가난하다고 해서
사랑을 모르겠는가

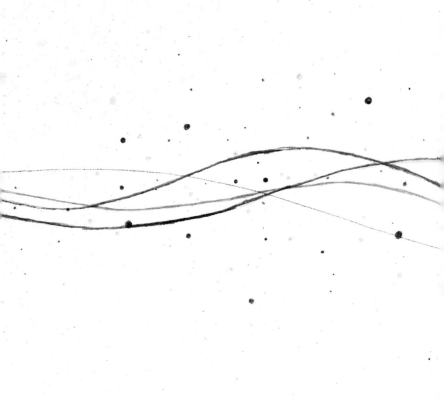

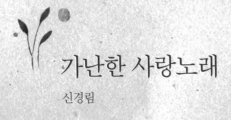

가난한 사랑노래

신경림

가난하다고 해서 외로움을 모르겠는가

너와 헤어져 돌아오는

눈 쌓인 골목길에 새파랗게 달빛이 쏟아지는데.

가난하다고 해서 두려움이 없겠는가

두 점을 치는 소리

방범대원의 호각소리 메밀묵 사려 소리에

눈을 뜨면 멀리 육중한 기계 굴러가는 소리.

가난하다고 해서 그리움을 버렸겠는가

어머님 보고 싶소 수없이 뇌어보지만

집 뒤 감나무에 까치밥으로 하나 남았을

새빨간 감 바람소리도 그려보지만.

가난하다고 해서 사랑을 모르겠는가

내 볼에 와 닿던 네 입술의 뜨거움

사랑한다고 사랑한다고 속삭이던 네 숨결

돌아서는 내 등뒤에 터지던 네 울음.

가난하다고 해서 왜 모르겠는가

가난하기 때문에 이것들을

이 모든 것들을 버려야 한다는 것을.

『가난한 사랑노래』, 실천문학사, 2013.

탈무드에 따르면 사람은 태어날 때, 어머니에게 붉은 것—피, 내장, 심장—을, 아버지에게 흰 것—골수, 신경, 뇌—을, 신에게 숨결을 받는다. 그리고 자기가 태어난 사회에게서 계급이라는 것을 받는다. 가난은 천부적인 것이 아니라 아버지의 직업과 소득에 따라 결정된 사회적 계급이다. 이 가난은 인간 내면의 형질과 무관하다. 아주 단순하게 말하자면, 그것은 이미 자본과 이익을 독점한 소수의 사람들에 의해 저질러지는 불공정과 불평등, 그리고 분배의 정의가 제대로 작동하지 못한 까닭에 생겨나는 폐단일 따름이다.

자본주의 사회에서 자본은 중심이자 살아 있는 주체다. 자본은 증식하면서 또 다른 자본을 낳는다. 일찍이 카를 마르크스karl Marx는 자본이 제 "가치를 이용해서 스스로 가치를 증식할 수 있는 초자연적인 능력"을 갖고, "이제 새끼를 낳거나 적어도 황금알을 낳아서 자기를 재생산할 수 있는 생명을 획득한다"고 썼다. 아울러 국가가 가난에서 벗어나는 것을 개별자의 능력에 맡기고 나 몰라라 한다면 그것은 국가가 무능하거나 가난 따위에는 아무 관심도 없는 부패한 권력에 지배되고 있다는 증거다.

「가난한 사랑노래」는 신경림의 절창 중 하나다. 가난은 애
틋하고 아련한 것들의 바탕이고 곡절이다. 가난 때문에 외로
움을 느끼고, 두려움에 떨어본 사람이라면 이 시에 공감하지
않을 수 없다. 한 번이라도 가난 때문에 사랑을 잃은 경험이
있는 사람은 이 시를 읽고 눈물 한 점 떨구지 않을 수 없다. 가
난에 대한 사실적 관찰은 신경림의 시적 관심의 표적이었다.
시골에서 내몰리고 서울에서도 저 변두리로 떠밀린 이웃들은
궁핍 속에서 짓눌려 신음하며 살아갔고, 그 자신도 오랫동안
힘없고 가난한 사람이었던 까닭이다. 그는 산업화의 그늘 속
에서 가난의 덤터기를 쓴 채 멸실되어가는 1960년대 한국 농
촌을 뒤덮은 극빈 체험을 거쳐, 1970년대 서울의 달동네마다
널린 도시 빈민 체험을 고스란히 자기 것으로 체화했다. 그는
가난한 이웃들과 가난이 만든 귀양살이를 함께 오롯하게 견
디며 끈끈한 연대감을 찾아낸다.

우리의 슬픔을 아는 것은 우리뿐

(중략)

우리의 괴로움을 아는 것은 우리뿐

— 「겨울밤」 중에서

그가 이처럼 노래할 때 그 말에 담긴 뜻의 간곡함과 정직성을 의심할 수 없었다. 그보다 가난의 생활 실감에 대해, 가난 속에서 억울함과 원통함을 곱씹으며 살아가는 이들의 곡절을 잘 노래할 수 있는 시인은 없다고 믿었기 때문이다.

「가난한 사랑노래」에서 노래하는 가난은 오늘의 가난이 아니다. 방범대원의 호각소리 메밀묵 사려 소리 따위가 나오는 걸 보면 자정 통행금지가 시행되던 전 시대를 배경으로 삼고 있음을 짐작할 수 있다. 시인은 가난한 이들의 가슴에 뜨겁게 살아 있는 외로움을, 두려움을, 그리움을, 사랑을 증언한다. 하지만 가난하기 때문에 이 모든 것을 다 버려야 한다는 것도 잘 알고 있다. 오늘의 현실 속에서 가난은 다 사라졌을까? 아니다. 가난은 여전히 다른 모습으로 존재하지만 많은 사람이 가난에 지지 않고 끝끝내 견뎌내며 제 삶을 일군다. 사람들은 가난 속에서도 아이들을 낳고 기르며 사랑을 하고, 제 꿈을 키우는 것이다. 가난한 이들의 정직한 생활과 소박한 꿈은 부박한 소비사회의 탐욕과 이기주의를, 그리고 널리 퍼진 낭비적 행태를 추문으로 만든다.

신경림은 가난의 경험을 풍부하게 갖고 있는 시인이다. 그 흔적과 증거들은 가장 최근에 낸 시집 『사진관집 이층』에서도 숨길 수 없이 드러난다. 다음 구절을 보라.

> 떠나온 지 마흔 해가 넘었어도
> 나는 지금도 산비알 무허가촌에 산다
> 수돗물을 받으러 새벽 비탈길을 종종걸음 치는
> 가난한 아내와 함께 부엌이 따로 없는 사글셋방에 산다
> – 「가난한 아내와 아내보다 더 가난한 나는」 중에서

그가 서슴없이 가난한 사람의 편에 서는 것은 누구보다 가난의 생태와 내력을 잘 아는 탓이다. 그는 대뜸 이렇게 고백하기도 한다.

> 아무래도 나는 늘 음지에 서 있었던 것 같다
> – 「쓰러진 것들을 위하여」 중에서

아마도 가난은 양지보다 음지에 더 가까울 것이다. 음지는 패배자의 자리다. 시인은 체질적으로 양지보다는 음지에 더

이끌린다. 모든 것을 다 가져가는 승자보다는 아무것도 갖지
못하는 패자에 더 연민을 느낀다.

> 개선하는 씨름꾼을 따라가며 환호하는 대신
> 패배한 장사 편에 서서 주먹을 부르쥐었고
> 몇십만이 모이는 유세장을 마다하고
> 코흘리개만 모아놓은 초라한 후보 앞에서 갈채했다
> – 「쓰러진 것들을 위하여」 중에서

시인이란 본질에서 약자의 편이기 때문이다. 냉정하게 말
하자면 패자와 자기를 동일시하는 이런 태도는 사회적으로
비협동적 자아가 보여주는 움츠러듦의 한 행태다. 사회에서
후퇴하여 움츠러드는 것을 사회심리학의 측면에서 리처드 세
넷Richard Sennett은 "자신과는 다른 사람들을 피해 동면"하는
것과 비슷하다고 말한다.

가난은 그 자체로 선도 악도 아니지만 가난을 구조적으로
낳는 사회는 악이 선을 압도하는 타락한 사회다. 가난에 처한
사람에게 그나마 위안이 되는 사실은 돈으로 행복을 살 수는

없다는 점이다. 돈의 속성에는 애초에 행복을 만들어낼 요소가 없다. 그렇다고 가난이 사람을 행복하게 만드는 것도 아니다. 가난은 굶주림과 사회적 기회의 상실을 낳고, 불만족과 고통을 만들며, 우리 내면에 탐욕의 씨앗을 심을 수도 있을 것이다. 하지만 가난이 우리를 고통과 불행으로 몰아넣는 것만은 아니다. 가난하다고 해서 사랑을 모르겠는가? 시인은 노래한다. 가난한 사람끼리 서로 더운 체온을 보태며 가난을 넘어설 때 가난은 사회적 시련을 극복하는 동력이 될 수 있음을, 이타적 사랑과 배려를 낳는 아름다운 신화가 될 수도 있음을.

신경림은 1935년 충북 충주에서 태어났다. 1956년 『문학예술』에 「갈대」 등이 추천되어 등단했다. 등단한 뒤 문학 활동에 뛰어드는 대신 정규직 직장을 갖지 못한 채 남들이 마다하는 갖가지 궂은일을 하며 광산 따위를 떠돌아다녔다. 그는 시집 『낙타』에 붙인 산문을 통해 고백한다. "가까운 댐 공사장으로 건달 친구를 따라가 보름씩 신세를 지기도 하고, 광산에서 일하는 선배를 찾아가 한 달씩 공밥을 얻어먹기도 했으며, 행상을 하는 친구를 좇아 여러 날 장을 떠돌기도 했다." 1970년대 중반 그 체험을 바탕으로 쓴 시들을 모은 시집 『농무』를 통해 시인의 입지를 단단하게 다졌다. 이후 시집 『낙타』, 『가난한 사랑노래』, 『사집관집 이층』 등과 산문집 『신경림의 시인을 찾아서 1, 2』 등으로 많은 독자의 사랑을 받았다. 〈만해문학상〉, 〈이산문학상〉, 〈호암상〉 등을 수상했고 현재 동국대학교 석좌교수로 있다.

『농무』는 1960년대에서 1970년대에 소외된 농촌에서 뼛속까지 가난을 겪는 사람들의 원통함과 억울함을 사실적 언어로 전달한 시집이다. 산업화와 경제성장의 뒤안길에서 멸실하는 농업 현장을 인류학적 관찰과 사실적 언어로 고스란히 되살려낸 이 시집 한 권으로, 무명에 가까웠던 신경림은 소외된 채 밑바닥 삶을 살아가는 이들의 애환을 노래하는 시인으로 우뚝 서게 되었다. 마음씨 좋은 이웃집 할아버지 같은 팔순의 시인은 여전히 가난과 약자의 편에 서서 시를 쓰고 있다.

빈집

기형도

사랑을 잃고 나는 쓰네

잘 있거라, 짧았던 밤들아
창밖을 떠돌던 겨울 안개들아
아무것도 모르던 촛불들아, 잘 있거라
공포를 기다리던 흰 종이들아
망설임을 대신하던 눈물들아
잘 있거라, 더 이상 내 것이 아닌 열망들아

장님처럼 나 이제 더듬거리며 문을 잠그네

가엾은 내 사랑 빈집에 갇혔네

『입 속의 검은 잎』, 문학과지성사, 1989.

격정에 사로잡혀 타오르는 사랑의 불꽃이 꺼진다는 것은 거의 모든 것을 잃는다는 것과 같다. 사랑에 제 마음을 온통 동여매고 있는 사람에게는 사랑이 존재의 거의 모든 것이기 때문에 그렇다. 사랑을 하면서 당신에게 내 모든 것을 다 봉헌하고, 그러므로 아무것도 남지 않았는데, 사랑은 돌연 끝나버린다.

이 상심으로 충만한 시는 에우리디케Eurydice를 잃은 오르페우스Orpheus가 동굴 깊숙이 들어가면서 부른 슬픈 노래에 견줄 만하다. 오르페우스의 노래는 저승으로 가는 강을 건네주는 뱃사공 카론Charon과 저승 입구를 지키는 사나운 개 케르베로스Cerberus마저 감동시킨다. 아름답고 슬픈 오르페우스의 노래가 저 지하세계 하데스Hades 왕국의 공중을 흔들고 땅으로 스며들었으니, 저승의 왕과 왕비마저 오르페우스의 음악에 취해 마음을 연다. 저승의 왕 하데스는 단 한 번도 전례가 없었던 명령을 내린다. 오르페우스가 신부 에우리디케를 빛의 세계로 데려가도 좋다고 허락한 것이다. 다만 뒤를 따라가는 에우리디케를 돌아봐서는 안 된다는 경고가 있었다.

그러나 오르페우스는 동굴 입구로 나오며 기쁨에 들떠 문득 에우리디케 쪽으로 몸을 돌렸다. 그 순간, 동굴 어귀에서 막 바깥으로 발을 내딛던 에우리디케는 '안녕'이라는 인사말을 남기며 저 동굴 속 아득한 죽음의 나락으로 떨어진다. 오르페우스는 잘못을 깨닫지만 이미 늦은 일이다. 다시 뱃사공에게 찾아가 저승의 강을 건네줄 것을 애원하지만 카론은 거절한다. 오르페우스는 식음을 전폐하고 오랫동안 강가에 머물며 흐느껴 울었다. 그 뒤로 진흙을 뒤집어쓴 광인 같은 몰골로 여기저기 떠돌던 오르페우스는 고향으로 돌아가 홀로 지내며 수금을 켜고 슬픈 노래를 지어 불렀다. 그가 수금을 켜고 노래를 하면 산천초목과 동물들이 그 노래에 취해 귀를 기울였다.

　오르페우스 신화는 우리에게 사랑은 저승으로 돌아간 생명조차 다시 소생시키는 힘을 가졌다는 점을 일러준다. 「빈집」을 여러 번 읽어도 기형도가 누구를 사랑하고, 그의 에우리디케가 누구였는지 알지 못하지만, 사랑은 죽음도 마다하지 않는 불가사의한 힘을 가졌다는 사실을 깨닫는다. 사랑이 깊으면 그것이 끝났을 때 상실감과 덧없음도 커지는 법이다. 이 시는 실연의 아픔 때문에 화살을 맞은 짐승처럼 괴로워하는 자의 노래다. 오르페우스의 수금 연주는 끝났고, 연주에 썼던 수금은 더 이상 필요치가 않다. 이 시의 화자는 연주에 썼던 수금마저 버리려고 한다. 그 악기를 들고 있는 이상 자신이 연주했던, 사랑하는 이와 함께 했던 기억에서 벗어날 수 없는 까닭이다. 그동안 자신과 함께 했던 것들과도 입을 맞추고 작별 인사를 나눈다. 짧았던 밤들, 겨울 안개들, 아무것도 모르던 촛불들, 공포를 기다리던 흰 종이들, 망설임을 대신하던 눈물들, 더 이상 내 것이 아닌 열망들을 하나하나 호명하며 작별 의식을 치르는 것이다.

사랑을 잃고 쓴 시는 노래가 아니라 비명悲鳴이다. 「빈집」은 그 잔잔한 어조에도 불구하고 읽는 이의 마음속 여린 부분을 할퀸다. 그 다정한 속삭임 속에 비명의 날카로움이 숨어 있는 것이다. 여러 번 읽어도 읽을 때마다 마음이 참담해진다. 사랑을 잃고 헐떡이는 마음의 고통은 오직 그 고통에 겨운 마음을 죽음이라는 망각에 들이민 다음에야 비로소 잠잠해진다. 사랑을 잃은 이는 장님이 된다. 귀는 들을 수 없고, 혀는 더 이상 이 세상의 어떤 요리의 맛도 볼 수가 없다. 세계를 느낄 수 있는 오감의 관능을 잃은 자는 살아 있어도 이미 죽은 것이다.

어느 시인은 사랑하다가 죽어버리라고 과격하게 말했지만, 사랑하는 자들은 항상 죽음이라는 강가를 배회하고, 죽음은 가벼운 뇌진탕 같이 혹은 지각탈실知覺脫失의 형식으로 자주 그의 삶을 들락거린다.

사랑하다가 죽어버려라

— 정호승, 「그리운 부석사」 중에서

시의 화자는 더듬거리며 문을 잠그고, 자신을 죽음이라는 감옥에 가둔다. 이 감금은 사랑을 잃은 자기를 가둬 사랑을 잃은 덧없는 슬픔에서 벗어나고자 하는 자발적 기획이지만, 기묘한 심리의 역전 현상이 일어난다. 상징적 자기 살해로 죽음의 감옥에 갇힌 것은 자신이지만, 정작 시인은 가엾은 내 사랑이 빈집에 갇혔다고 노래한다.

가엾은 내 사랑 빈집에 갇혔네

사랑이 부재하는 세상은 빈집에 지나지 않고, 사랑을 잃은 연인은 그 빈집에 갇혀 사랑하는 이와 영원히 격리되어 있는 것이나 다름없다. 이 아름답고 슬픈 절명시絶命詩를 그이가 죽기 한 달 전쯤에 내가 주재하는 시 계간지에 싣기 위해 받았다. 벌써 스무 해도 더 넘은 일이 되었다. 이 시가 게재된 잡지가 나왔을 때 그이는 더 이상 이 세상 사람이 아니었다. 「빈집」은 시인이 버린 세상에 회자膾炙되며 사랑을 잃은 자의 마음에 패인 실연의 고통이 얼마나 깊은가를, 그리고 역설적으로 사랑이 얼마나 불가사의하고 큰 힘을 가졌는가를 증언할 뿐이다.

🖋 기형도는 1959년 인천 연평도에서 태어나, 경기도 광명시 소하리에서 가난하고 고단한 어린 시절을 보냈다. 곱슬머리고, 낯빛은 희었다. 미남자에다 다정한 인격을 갖춘 그이는 《중앙일보》 문화부 기자로 일했다. 그이의 기사들은 시만큼이나 명민하고 수려해서 늘 화제를 몰고 다녔다. 1989년 이른 봄 갑자기 그이가 죽었다. 종로3가에 있던 파고다극장에서 새벽에 주검으로 발견되는데, 사인은 뇌졸중이었다. 스물아홉 살의 청년 시인은 그렇게 황망하게 우리 곁을 떠났다. 다들 놀라고 슬퍼했다.

생전에 나는 그이를 가끔씩 만났다. 인사동에서, 내 출판사가 있던 강남 어딘가 밥집과 술집에서. 그이는 술을 거의 마시지 못했지만 술자리에서 사람들과 담소를 나누거나 노래 부르는 것을 좋아했다. 목소리가 감미로워서 그이의 노래는 사람의 마음을 흔들어놓기 일쑤였다. 죽기 바로 한 해 전 늦가을 어느 날 심야에 술이 취해 사람들이 뿔뿔이 흩어져 집으로 돌아가고 난 뒤 거리에 두 사람이 달랑 남았을 때 그이가 얼굴을 붉히며 수줍게 고백했다. 대학교 1학년 때 내 첫 시집 『햇빛사냥』의 열렬한 독자였다고. 겨울에는 외풍이 센 김포의 집에서 이불을 뒤집어쓰고 그 시집을 읽었노라고.

그이의 문학 재능은 《동아일보》 신춘문예 당선으로 일찍이 입증된 바 있고, 게다가 남다른 성실성이 그 재능에 빛을 더했다. 그이가 죽은 뒤 시집을 내려고 꼼꼼하게 준비한 원고가 가방 속에서 나왔다. 그이의 첫 시집이자 마지막 시집이 되고 만 『입 속의 검은 잎』은 죽은 뒤에 문학과지성사에서 나왔는데, 그 제목은 발문을 쓴 평론가 김현이 붙인 것이다. 그이의 시집을 읽으며 그 뿌리 깊은 비관주의에 다시 한번 놀란 기억이 생생하다.

선운사 동백꽃

김용택

여자에게 버림받고

살얼음 낀 선운사 도랑물을

맨발로 건너며

발이 아리는 시린 물에

이 악물고

그까짓 사랑 때문에

그까짓 여자 때문에

다시는 울지 말자

다시는 울지 말자

눈물을 감추다가

동백꽃 붉게 터지는

선운사 뒤안에 가서

영영 울었다

『그 여자네 집』, 창비, 1998.

「선운사 동백꽃」이 노래하는 사랑은 깨진 사랑이다. 누군가를 사랑했지만, 아쉽게도 한쪽에서 일방적으로 사랑의 약속을 파기해버린 것이다. "나는 너를 사랑해"라는 말 속에는 '항상'이란 뜻이 숨어 있다. 그냥 스쳐가는 것이 아니라 살아 있는 시간 동안 항상 사랑하겠다는 다짐이라는 것이다. 이때 '항상'과 '영원히'는 한뜻이다. 그런 다짐은 시간의 유동성 속에서 깨지기 일쑤다. 누군가를 사랑한다는 것은, 철학자 알랭 바디우Alain Badiou의 책 『사랑 예찬』에 따르면 "지속성을 구축하는 약속"이고, "우연을 영원에다 기록하고 고정시키는 것"이라는 의미가 포함되어 있다. 하지만 현실은 어떤가? 현실 속에서 사랑은 지속성을 구축하기 어려운 약속이고, 더구나 우연을 영원에다 기록한다는 것은 실로 지난한 일이다. 그런 까닭에 사랑의 약속은 자주 사랑을 배신한다.

사랑은 비이성적 몰입에서 겪는 지독한 착란이다. 이 착란은 기적으로 탈바꿈한다. 바디우가 같은 책에서 말했듯이 사랑은 "마술적인 외재성의 한순간을 맞이하여 불타버리고, 소진되며, 동시에 소비"되는 경험인 까닭이다. 사랑은 너무도 강렬하고, 존재가 완전히 녹아버리는 일이다. 낭만적 사랑의 완성이 대체로 죽음으로 귀결되는 사정도 그 때문이다. 애초에 누군가를 사랑한다는 것은 타자가 나의 존재를 훔쳐가도록 방임하고 방조하는 행위다. 누군가와 사랑에 빠진 사람의 몸과 마음은 항상 그곳에 있지 않다. 사랑에 빠질 때 존재는 이미 누군가의 존재 영역 속으로 달아나버린다. 여기 있는 것은 자기 상실과 자기 부재의 흔적뿐이다. 이 어릿광대의 어리둥절한 얼굴, 즉 존재의 흔적 속에서는 사랑의 열정만이 저 혼자 끓어오른다. 그러므로 사랑은 놀랍고도 기이한 현상이다.

사랑의 첫 번째 매개가 된 것은 타자의 얼굴이다. 눈을 반짝이고 환하게 미소 짓는 바로 그 얼굴이다. 얼굴은 타자가 나에게 그 존재를 드러내는 최초의 방식이다. 가면이자 존재의 심연을 드러내는 그 얼굴을 통하여 빛이 쏟아진다. 이 빛은 압도적이다. 왜냐하면 이 빛으로 사랑에 빠지는 자들은 대개 눈이 멀기 때문이다. 모든 얼굴은 숨겨진 것과 드러난 것 사이에서 만들어진다. 알렝 핑켈크로트 Alain Finkielkraut 는 『사랑의 지혜』에서 이렇게 말한다. "얼굴은 신체 중에서도 특히 영혼이 나타나고 변장하는 장소다. 사람들은 얼굴을 만들어낸다." 내가 존재한다고 할 때 존재의 모호함과 추상성에 확고한 형태를 부여하는 것이 얼굴이다. 얼굴은 소유되거나 흡수할 수 없는, 불가능한 표면이다. 사랑에 빠진 자는 언제나 사랑하는 사람의 얼굴을 놓친다. 얼굴은 달아났다가 돌아오고 다시 돌아왔다가 달아난다. 그러다 얼굴은 어느 날 정말로 완전히 사라져버린다. 그 얼굴의 영구적 부재가 곧 실연이다. 대개의 경우 실연은 괴로움을 낳는데, 그 괴로움은 망각되는 것에 대한 두려움을 기반으로 한다. 실연한 사람이 죽을 듯 괴로워하는 것은 그것이 필연적으로 한 존재와, 그와 함께 보낸 시간들에 대한 망각이고, 그러한 점에서 실연과 죽음이 쌍둥이처럼 닮아 있는 까닭이다.

　「선운사 동백꽃」의 시적 화자가 여자에게 버림받았다는 것은 자신을 바라봐주고 또한 자신의 바라봄이 허용되었던 그 얼굴이 자신에게서 달아났음을 뜻한다. 사랑이란 한 얼굴에 대한 상징적 점유다. 그 점유의 계약은 한쪽의 일방적인 파기로 무효화되어버리고 말았다. 그 궤적을 더듬어볼 수조차 없이 사라져버린 얼굴은 고통을 낳는다. 살얼음이 낀 도랑물을 맨발로 건너는 자의 발이 아린 것은 사랑이 깨진 뒤의 고통과 등가를 이룬다. 발의 아림은 교묘한 감각적 치환을 통해 사랑이 깨진 고통을 명증하게 드러내는 것이다.

　다시는 울지 말자
　다시는 울지 말자

　달아난 얼굴은 다음번에 만날 약속에 대한 희망을 저버린
얼굴이다. 달아난 얼굴은 사실적 구체성을 잃고 냉혹한 추상
이 되어버리고 만다. 그 냉혹한 추상과 마주 서게 되는 자가
떠맡아야 할 몫은 무력감이다. 아무것도 할 수 없는 자가 가까
스로 취할 수 있는 것은 울음을 터뜨리는 것이다. 이 울음은
사랑을 잃은 슬픔의 방출이자 자기 연민의 한 형식이다. 허나
울음은 아무 위로도 되지 않는다. 사랑의 상실로 인한 존재의
고갈만을 더 생생하게 만들 뿐이다. 그래서 시적 화자는 '다시
는 울지 말자'고 스스로 다짐해보는 것이다.

　시적 화자는 제 사랑이 깨진 뒤에 선운사를 찾은 모양이다.
그 여행은 다시는 울지 말자고 스스로 다짐한 것을 더 단단하
게 굳히기 위함이다. 하지만 선운사 붉은 동백꽃을 만나는 순
간 그 다짐은 무너지고 만다. 사실 시적 화자를 버리고 달아난

얼굴과 붉은 꽃망울을 터뜨린 선운사 동백꽃 사이에는 아무런 인과관계가 없다. 그런데 왜 시적 화자는 엉엉 울고 말았을까. 붉은 동백꽃이 아직도 제 마음에 남은 누군가를 향한 간절한 사무침을 환기시켰을지도 모른다. 아니 붉은 동백꽃은 그 자체로 혼자 붉게 피어 있는 제 마음이다. 시적 화자가 엉엉 운 것은 붉은 동백꽃이 불러일으킨 서러움과 더불어 온 한 진리에의 각성 때문이다. 마음에 벼락처럼 깃든 진리는 세월이 흘러도 이미 지나간 사랑은 다시 돌아오지 않는다는 사실이다.

「선운사 동백꽃」을 아는 사람이라면 그보다 앞선 서정주의 절창인 「선운사 동구 禪雲寺 洞口」라는 시도 알 가능성이 높다.

선운사 고랑으로
선운사 동백꽃을 보러 갔더니
동백꽃은 아직 일러 피지 않았고
막걸릿집 여자의 육자배기 가락에
작년 것만 상기도 남았습디다.
그것도 목이 쉬어 남았습디다.

– 서정주, 「선운사 동구」 전문

35

두 시는 고창에 있는 선운사라는 고찰과 동백꽃을 배경으로 하고 있다는 점에서 짝을 이룬다. 두 시는 얼핏 닮았지만, 다른 시다. 미당의 시가 아직 피지 않은 동백꽃과 막걸릿집 여자의 육자배기 가락을 노래한다면, 김용택의 시는 붉게 흐드러진 동백꽃과 그 앞에서 오열하는 사람의 괴로움을 노래한다. 미당의 시 밑바닥에 깔린 것은 여러 번 사랑을 겪고 그것을 잃어버린 적이 있는, 하지만 이제는 사랑이 불러일으킨 의지의 착란 따위는 저 멀리 밀어낸 자의 체념과 달관이지만, 김용택의 시에 깔린 것은 존재를 불태워버리는 사랑의 황홀감과 그 미망에서 미처 벗어나지 못한 자의 생생한 괴로움이다.

　사랑이 전쟁이라면, 미당의 시는 종전終戰이 되고도 오랜 세월이 지난 뒤의 고요와 평화를, 김용택의 시는 끝나지 않은 전쟁에서 받은 상처와 그 상처에서 흘러내리는 피를 노래한다. 사랑의 상처를 가진 사람들은 선운사 동백꽃을 보러 갈 일이다. 내게 다시 사랑이 온다면, 동백꽃 피는 시절 선운사를 찾아가서 내 마음에 타오르는 사랑의 황홀경과 괴로움을 가만히 들여다볼 것이다.

김용택은 1948년 전북 임실군 진메마을에서 태어나 순창농림고등학교를 졸업했다. 그 이듬해에 교사 시험을 보고 스물한 살에 초등학교 교사로 부임해서 2008년 정년퇴임할 때까지 교사로 재직했다. 초등학교 교사 생활을 하면서 독학으로 문학을 공부해서 1992년 창비 21인 시집 『꺼지지 않는 횃불로』에 처음으로 시를 내놓으며 시인이 되었다. 지금까지 〈김수영문학상〉, 〈소월시문학상〉, 〈윤동주문학대상〉 등을 수상했다. 「섬진강」 연작시로 명성을 얻은 탓에 그에게는 늘 '섬진강 시인'이라는 별칭이 따라다닌다. 『섬진강』, 『맑은 날』, 『꽃산 가는 길』, 『그리운 편지』, 『그 여자네 집』, 『그래서 당신』, 『키스를 원하지 않는 입술』 등의 시집과 『김용택의 어머니』, 『심심한 날의 오후 다섯 시』 등의 산문집을 펴내면서 많은 독자들의 사랑을 받았다.

실연이란 자신을 바라봐주고 또한 자신의 바라봄이 허용되었던
그 얼굴이 자신에게서 달아났음을 뜻한다.
사랑이란 한 얼굴에 대한 상징적 점유다.

뒷모습

이병률

왜 추운 데 서서 돌아가지 않는가

돌아갈 수 없어서가 아니라

끝에서 사람으로 사람에서 쌀로 쌀에서 고요로 사랑으로 돌

아가려는 것이다

돌아오는 길은 어둡고 구덩이가 많아

그 차가운 존재들을 뛰어넘고 넘어서만 돌아가려 하는 것인가

추워지려는 것이다

지난봄 자고 일어난 자리에 가득 진 목련꽃잎들을 생각한 생
각들이
눈길에 찍힌 작은 목숨들의 발자국이
발자국에서 빗방울로 빗방울에서 우주의 침묵으로
한통속으로 엉겨들어, 조그맣게 얼룩이라도 되어
이 천지간의 물결들을 최선들을 비벼대서
숨결이라도 일으키고 싶은 것이다

아, 돌아온다는 당신과 떠난 당신은 같은 온도인가
그사이 온통 가득한 허공을 밟고 뒤편의 뒷맛을 밟더라도
하나를 두고 하나를 되돌릴 수 없는 것이다

한곳을 가리키며 떨리는 나침반처럼
눈부시게 눈부시게 떨리는 뒷모습에게
그러니 벌거벗고 서 있는 뒷모습에게
왜 그리 한없이 서 있냐고 물을 수는 없는 것이다

『바람의 사생활』, 창비. 2006.

어둔 방에 불도 켜지 않은 채 눈이 퉁퉁 붓도록 운 적이 있는가?

한 사람을 잊는 데 삼십 년이 걸린다 치면
한 사람이 사는 데 육십 년이 걸린다 치면
이 생에선 해야 할 일이 별로 없음을 알게 되나니
– 「생의 절반」 중에서

이 시구에 무릎을 치며 공감한다면 당신은 이병률의 「뒷모습」을 읽을 자격이 있다. 누군가의 뒷모습을 본다는 것은 그 누군가와 내가 한 방향을 보고 있다는 뜻이다. 내가 뒤에 서 있다면 나는 그의 뒤통수, 뒷목, 등, 허리, 엉덩이 들을 볼 수 있을 것이다. 돌아선 사람의 뒤태는 정직하다. 사진작가 에두아르 부바Edouard Boubat의 사진에 붙이는 감성적인 에세이를 쓴 프랑스 소설가 미셸 투르니에Michel Tournier는 "등은 거짓말을 할 줄 모른다"고 쓴다. 앞은 분장이 가능하다. 분장은 거짓말의 가능성을 드높인다.

또한 앞쪽은 무장한 권력이다. 앞쪽을 대표하는 얼굴에는

42

명령하고 요구하는 입이 있다. 전방을 주시하는 눈과, 주변의 사물에서 냄새를 맡는 코가 있다. 주변의 움직임을 감지할 수 있는 귀도 앞을 향하고 있다. 전면에 배치되어 있는 이것들은 사냥꾼에게 유리한 조건이다. 뒤쪽은 무장을 해제당한 패배자의 숙명을 내면화한다. 얼굴과는 달리 등은 보지 않고 듣지 않고 말하지 않고 행하지 않는다. 보고 듣고 말하고 행하는 것은 등의 반대편에 밀집해 있다. 앞쪽은 예를 갖추고 따르지만 뒤쪽은 예가 없다. 등은 아무것도 가진 것이 없다. 그래서 등은 숨길 수 없는 가난이지만, 굽힐 수 없는 등뼈를 곧추세우는 표표함으로 윤리의 꼿꼿함을 드러낸다.

왜 추운 데 서서 돌아가지 않는가

이때 시인은 추운 데 서서 돌아가지 않는 사람의 뒷모습을 보고 있는 중이다. 뒷모습은 추방당한 굴원屈原, 도피하는 두보杜甫, 유배당하는 소동파蘇東坡를 떠올리게 한다. 추방당하고, 도피하고, 유배당하는 자들은 늘 뒷모습으로 그 영화의 쇠락을 받아들이고 승인하는데, 그 쇠락의 받아들임이 마침내 나아간 끝은 덧없음이고 자진自盡이다. 뒷모습 중에서 가장 넓은

43

자리를 차지하는 것은 등이다. 등은 버리고 떠나는 자의 곡절, 혹은 가난하고 슬픈 삶의 내력을 보여주는 바코드다.

여러 번 짐을 쌌으므로 여러 번 돌아오지 않은 셈이다
여러 번 등을 돌렸으므로 많은 걸 버린 셈이다
그 죄로 손금 위에 얼굴을 묻고
여러 번 운 적이 있다
－「내 마음의 지도」 중에서

등을 돌리는 것은 등 뒤에 남은 것들을 버리거나 포기하는 행위다. 마음의 모진 결단 끝에 등을 보이는 사람은 등을 보는 사람보다 착하다.

대개는 등을 보이는 자는 떠나는 사람이고, 등을 보는 자는 머무르는 사람이다. 등을 보이는 자는 등을 보는 자의 자발적 희생자다. 등을 보이는 자는 먼저 버리고 비워서 초연하고, 등을 보는 자는 미처 버리지 못해 집착하는 자로 남는다. 등을 보이는 자에게 등은 그 등을 보는 사람에게 보내는, 그만 끝내자는 휴전 협정 선언문이고, 등을 보는 자에게 등은 왜 가느냐고, 가지 말라고 막고 싸워야 할 새로운 전선戰線이다. 등을 보는 자가 등을 보이는 자를 향해 발포하지, 그 반대의 경우는 좀처럼 일어나지 않는다. 등을 보이는 자는 하염없는 자고, 등을 보는 자는 타오르는 의욕과 의지의 소유자다. 흔히 등을 보는 자는 과욕을 분노로 바꾼다. 그래서 등을 보는 자는 잔인해지고, 그 잔인성에 의해 대량 학살도 저질러진다. 뒷모습을 보이는 자는 모든 적들의 분노와 가해의 위협에 저를 송두리째 무방비 상태로 내준다.

한곳을 가리키며 떨리는 나침반처럼

「뒷모습」은 이별을 기리는 시다. 지금 떠나는 당신과 마침내 돌아온다는 당신의 뒷모습을 그린다. 뒷모습은 곧 사라질 존재의 잔영이다. 당신은 곧 떠날 것이고, 남은 자는 남아서 추위와 어둠을 고스란히 안을 것이다. 떠난 당신의 뒷모습이 내게는 한곳을 가리키며 떨리는 나침반이다.

눈길에 찍힌 작은 목숨들의 발자국이
발자국에서 빗방울로 빗방울에서 우주의 침묵으로

한통속으로 엉겨들어, 조그맣게 얼룩이라도 되어
이 천지간의 물결들을 최선들을 비벼대서
숨결이라도 일으키고 싶은 것이다

발자국이 빗방울로, 우주의 침묵으로, 다시 한통속으로 엉겨들어, 끝내 숨결이라도 일으키고 싶은 '나'는 그 나침반에 의지해 온통 가득한 허공을 밟고 떠난 당신의 자취를 따라갈 것이다.

그사이 온통 가득한 허공을 밟고 뒤편의 뒷맛을 밟더라도

아프기는 당신도 매한가지다. 그래서 떠나지 못하고 눈부시게 눈부시게 떨리는 뒷모습을 보이며 한없이 머뭇거리고, 또 그러는 당신을 뒤에서 바라보는 '나'는 왜 그리 한없이 서 있냐고 물을 수 없다.

눈부시게 눈부시게 떨리는 뒷모습에게
그러니 벌거벗고 서 있는 뒷모습에게
왜 그리 한없이 서 있냐고 물을 수는 없는 것이다

그때 당신의 뒷모습은 말라버린 눈물이고, 꺼져가는 빛이며, 가늠할 수 없는 아려雅麗함이고, 행불자行不者의 마지막 모습이다. 당신이 보여주는 등은 앞서 간 자의 전적典籍이고, 뒤를 따라가는 자의 벼랑이다. 저 뒷모습에는 환난을 대비하지 못하고 무너진 누군가의 마음이 고스란히 담겨 있으니, 자멸하는 마음의 경계에 당신의 등은 벼랑처럼 서 있다. '뒤편의 뒷맛'이라는 것은 그런 것이다. 그 당신 등의 슬하는 끝내 이루지 못한 사랑이고, 그 미완의 사랑이 불가피하게 불러온 피로와 무기력이다.

　🖋 　이병률은 1967년 충북 제천에서 태어났다. 서울예술대학 문예창작과를 졸업했다. 1995년《한국일보》신춘문예에 당선한 뒤 시작 활동을 펼치고 있다. 시집『당신은 어딘가로 가려 한다』,『바람의 사생활』,『찬란』,『눈사람 여관』등과 산문집『끌림』,『바람이 분다 당신이 좋다』등을 냈으며, 〈현대시학작품상〉을 수상했다.

　어찌 사는가
　방에 불은 들어오는가

쌀은 안 떨어졌는가
　－「시인들」 중에서

　그는 어찌 사는지 물을 줄 아는 시인이다. 나는 이병률을 잘 모른다. 언젠가 홍대 앞 작은 주점에서 스치듯 그를 본 적이 있다. 그는 어떤 시인과 마주 앉아 있었다. 그가 앉아 있는 주점의 흐린 공간이 환해지는 듯했다. 그는 차안此岸에서의 삶이 지켜야 할 약속들을 갖고 있는 삶이고, 그것은 검고 고요한 저 소실점을 향해 가는 일이라고 말한다.

　검고 고요한 저 소실점을 향해 가는 일
　－「봉인된 지도」 중에서

　아주 찰나의 인상이지만 그는 이미 미녀와 공명도 다 덧없음 알고, 그 덧없음에 의지해 문득 고요에 가닿은 사람으로 보였다.

　당신을 중심으로 돌았던
　그 사랑의 경로들이

백년을 죽을 것처럼 살고 다시 백년을 쉬었다가

문득 부닥친 한 목숨에게

뼈가 아프도록 검고 차가운 피를 채워넣는 일

－「피의 일」 중에서

또한 당신을 중심으로 돌았던 그 사랑의 경로들을 되새기며 고요를 어지럽히지 않고 고요를 가지런하게 만들 줄 아는 시인이다.

그와 동행한 시인이 나와 안면이 있는 사람이어서 그를 소개했다. 우리는 눈인사를 짧게 나누고 헤어졌다. 그뿐이다. 그의 이마에 적힌 '적요'라는 문자를 읽었던가. 나는 그가 적요로운 사람이라고 판단했다. 풍편으로 그가 라디오 방송의 구성작가 일을 한다는 얘기를 들었다. 아주 유능한 출판기획자라는 얘기도 들었다. 그를 만나고 얼마 지나지 않아 그의 시집 『바람의 사생활』을 읽었다.

거울 속 일요일

이혜미

당신을 신고 집으로 돌아간다 오늘의 구름은 자웅동체, 골목
들이 서로의 꼬리를 물고 끊임없이 흘러간다 속눈썹들이 거리
에 날카롭게 흩뿌려졌다 한 번도 손을 잡지 않은 촉감으로 흰
것들 위를 걸었다 두려워, 바닥을 마주대고 걷는 우리의 평행

이쪽의 무게가 저쪽의 압전으로 천천히 기울어갈 때 스민다
는 말을 비로소 이해했다 당신을 신은 날에는 열 손가락에 날
개가 돋아, 내 발을 감싼 당신이 힘겹게 입술을 여닫는다 두려
워, 헐렁한 발목을 가진 것들은 어디로든 도망가니까 나는 비
틀거리며 붉은 달력 속으로 숨어든다.

내일은 멀고 오늘은 다 지나갔다 함께한 계절이 하루보다 짧

았다 안경을 쓴 채 잠들면 저녁 내내 창문에 부딪혀 죽는 새의

꿈을 꾸었다 우리가 서로의 발가락을 물고 각자의 바깥이 되어

가는 일이었다.

『보라의 바깥』, 창비, 2011.

「거울 속 일요일」은 엇갈린 사랑의 감정을 노래한다. 시의 화자는 당신을 '신는' 사람이다. 그러니까 나는 주인이고 당신은 그 주인의 '신발'이다. 구름은 자웅동체고, 골목들은 서로의 꼬리를 물고 흘러간다.

구름과 골목들은 이미 사랑 안에서 하나가 되었거나 사랑하는 중이다. 그것들은 내 사랑에 빠진 열망에 조응하는 이미지들이다. 그에 반해 우리는 '바닥을 마주대고 걷는'다. 나와 당신은 교차하지 않고, 항상 평행 상태다. 아직 사랑에 닿지 못하고 있는 것이다. 나에게 사랑은 이미 와 있지만, 당신에게 사랑은 아직 사랑 이전이다. 어쩌면 나에게 사랑은 현재진행형이지만, 당신에게 사랑은 과거인지도 모른다.

바닥을 마주대고 걷는 우리의 평행

모든 사랑에겐 시작이 있고, 반드시 끝이 있다. 당연한 사실이지만, 사랑은 시작하는 순간 이미 끝을 향해 치달린다. 사랑이 끝나는 것은 그 본질이 과도함이기 때문이다. 사랑은 과도함에서 시작되고, 결국은 그 과도함 때문에 끝난다. 로미오와

줄리엣의 사랑은 지독한 방해와 가로막음이 있었기에 그토록 죽음을 마다하지 않는 극한까지 갈 수 있었다. 그러니까 사랑을 지속시키는 것은 주위의 방해와 불가피한 긴 우회, 그리고 시련이 있을 때뿐이다. 방해와 우회와 시련은 사랑을 지속적으로 타오르게 하는 불쏘시개들이다. 사랑의 언어들이 활발하게 생성되는 것도 갖은 방해와 우회와 시련들이 나와 당신을 떼어놓는 순간들이다.

「거울 속 일요일」에서 나는 당신을 온전하게 갖지 못한다. 이 소유할 수 없음 때문에 이 사랑은 애절해진다. 이 애절함이 다음 구절의 이면을 적신다.

이쪽의 무게가 저쪽의 암전으로 천천히 기울어갈 때 스민다는 말을 비로소 이해했다

이해는 이성의 산물이다. 이해는 내가 그럼에도 불구하고 너그러울 수 있는 근거일 따름이다. "그래, 나는 (나를 사랑하지 않는) 너를 이해해!"라고 말하는 것은 사랑의 증거가 아니다. 사랑이라는 과도함의 명령이 나에게는 작동하지만, 당신

에게는 작동하지 않는다는 뜻이다. 이 사랑은 외사랑이고, 그래서 외사랑의 주체인 나는 비틀거리며 붉은 달력 속으로 숨어드는 것이다. 나—발—는 당신—신발—을 신고 있지만, 그리고 당신은 나라는 존재의 기쁨이고 보람이지만, 둘의 관계는 아무 구속도 없이 헐렁해서 언제든지 어디로든 도망갈 수 있다. 그게 두려워서 내가 먼저 당신에게서 달아나고 숨는다.

나는 비틀거리며 붉은 달력 속으로 숨어든다.

사랑은 시간이라는 질료 없이 타오를 수 없다. 사랑은 시간을 요구한다는 점에서 불가결한 필요조건이지만 거꾸로 사랑을 집어삼키는 블랙홀이기도 하다. 니클라스 루만Niklas Luhmann은 『열정으로서의 사랑』에서 "시간을 요구한다는 점을 통해 사랑은 자기 자신을 파괴한다. 사랑은 그 상상에 날개를 달아주었던 속성들도 해소하고, 이 속성들을 친숙함으로 대체해버린다"고 말한다. 외사랑도 시간이라는 비용을 치른다.

내일은 멀고 오늘은 다 지나갔다 함께한 계절이 하루보다 짧았다이 구절은 사랑을 위해 비싼 비용을 치렀는데, 그 대가만큼 사랑에 보람이나 결실이 없다는 탄식을 담고 있다. 나의 사랑함과 당신의 사랑하지 않음이라는 비대칭성이 이런 결과를 낳는다. 그 실망감으로 나의 에너지는 소진된다.

안경을 쓴 채 잠들면 저녁 내내 창문에 부딪혀 죽는 새의 꿈을 꾸었다

이는 에너지 소진 상태에 대한 암시다. 실제 나의 죽음은 아니지만, 이런 상태가 지속되다가는 언제인가 창문에 부딪혀 죽는 새와 같이 나도 죽을 것이라는 암시, 즉 꿈속의 죽음들을 계시한다.

사랑은 과도함 속에서 실현된 무절제함이고, 무분별함이다. 적당히 사랑하는 것은 진짜 사랑하는 게 아니다. 사랑은 항상 넘치게, 미친 듯이 사랑하는 것이다. 그 증거가 사랑에서는 아무리 하찮고 사소한 것이라도 우주적 변동을 부를 수 있는 요인이 된다는 점이다. 사랑에 빠진다는 것은 돌아올 기약도 없이 편도 티켓을 끊고 사랑이라는 열차에 자기 전부를 싣고 연

인을 향해 떠나는 일이다. 사랑은 어떤 위험도 불사하는 무분별한 모험이고 어리석은 투자다. 진짜로 사랑하는 사람은 자주 어리석음에 빠지고 진짜로 사랑하지 않는 사람이 더 지혜롭게 보이기도 한다.

「거울 속 일요일」은 독특한 화법으로 이루어질 수 없는 사랑을 노래한다. 이 사랑은 순진한 사랑이고, 순한 사랑이고, 애절한 사랑이다. 그런데 시의 제목이 왜 「거울 속 일요일」일까? 거울은 일종의 환幻이다. 서로의 발가락을 물고 각자의 바깥이 되어가는 일도 꿈속에 비친 환이다. 일요일은 대체로 수고와 봉급의 시간에서 놓여 나에게로 돌아가는 휴식과 휴지의 시간이다. 이혜미는 그 일요일을 연인에게서 나에게로 돌아가는 시간으로 설정한다. 일요일은 서로의 발가락을 물고 각자의 바깥이 되어가는 일을 하기에 좋은 시간이다. 그것은 상상이고, 백일몽이다. 불가능의 가능을 꿈꾸게 하기에 일요일보다 더 좋은 시간이 또 어디 있으랴!

우리가 서로의 발가락을 물고 각자의 바깥이 되어가는 일이었다.

✎＿＿ 이혜미는 1988년 경기도 안양에서 태어났다. 2006년 《중앙일보》 신춘문예에 시가 당선되어 등단했다. 그때 이혜미의 나이는 열여덟 살이었다. 열여덟 살의 소녀가 신춘문예에 당선한 것은 문단의 화젯거리였다. '천재 소녀'가 나타났다는 소문이 돌았다. 그로부터 5년이 지나 첫 시집 『보라의 바깥』을 내놓았다. 올해 이혜미는 스물네 살이다. 그의 첫 시집은 스물네 살짜리답게 연애의 흔적들로 가득 차 있다.

바람을 피울 거면 들키지 않게 하라고 애인戀人은 말했다
알겠노라고 흔쾌히 답하고 나는 꽃 보러 간다
― 「들키지 마라」 중에서

늦은 새벽 애인이 울며 잠 속으로 전화를 걸어온다
― 「마트로시카」 중에서

애인의 팔이 하나의 줄을 가진 악기처럼 진동한다
― 「소름」 중에서

그러나 시인이 통찰하는 사랑은 마냥 감미롭지만은 않다.

우리는 두 개의 날카로운 비늘, 아름다운 모서리가 남겨졌다

—「투어鬪魚」 중에서

사랑은 가까이 다가가면 갈수록 서로의 몸속에 숨긴 날카
로운 뼈에 찔릴 가능성이 높아진다는 것이다. 그녀는 건국대
학교 국문학과를 졸업하고 고려대학교 대학원 국문학과에서
석사학위를 받았다. 그의 가족은 전부 시인이다. 어머니가 시
인이고, 아버지가 시인이다. 가족 모두가 시인인 게 행복인지,
불행인지는 모르겠다. 어쨌든 그는 시인인 어머니와 아버지
사이에서 자라면서 시인이 된 모양이다.

섬 주막

전윤호

종일 비 오는 오후

불도 안 켜고

텅 빈 술집 골방에 퍼질러 앉아

볼이 꽉 차도록 입에 넣고도

손은 자꾸 꼬막을 깐다

꽉 닫힌 껍질도

기어코 손톱으로 벌린다

눅눅한 식욕

소주는 손도 안 대고

중얼거린다

어휴 죽일 년

어휴 죽일 년

『늦은 인사』, 실천문학사, 2013.

여름이 끝나자 바닷가 해수욕장들은 모두 폐장을 하고, 모래밭에 세워진 파라솔들도 거둬지고, 그 많던 피서객들은 다 돌아갔다. 사람들로 붐비던 바닷가는 사람 그림자조차 찾아볼 길이 없이 텅 비고 적막하다. 흥청이던 축제가 끝난 것이다. 몇 해 전 여름 끝자락에 다녀온 섬의 조촐한 해변을 떠올린다. 아는 사람도 없고, 딱히 해야 할 일이 있었던 것도 아니다. 그저 충동적으로 집을 떠나 어떤 항구에 닿고, 그때 막 선착장에서 떠나는 여객선을 탔다. 이 섬이 그 여객선의 마지막 경유지였다.

낯선 섬에 내려 이곳저곳을 돌아다녔다. 해변과 점포들, 해변과 접한 거리에 늘어서 있는 술집들, 빈 거리를 어슬렁거리거나 그늘에서 잠든 개들. 벗은 몸으로 돌아다니던 사람들이 다 사라진 뒤 해안은 고적하고 쓸쓸했다. 가는 여름과 오는 가을의 갈림길에서 바람을 맞으며 눈앞에 펼쳐진 바다를 바라보았다. 나는 무심하게 밀려왔다가 포말을 남긴 채 다시 밀려가기를 반복하는 파도소리에 귀 기울이고 있었다. 해 질 무렵 해안가의 한 술집에 들러 회 한 접시와 소주 한 병을 주문했다. 소주 몇 잔을 입에 털어 넣고, 회 몇 점을 입에 넣고 씹었다.

여름의 끝자락에서 전윤호의 「섬 주막」을 읽는 순간, 어떤 기시감旣視感이 나를 사로잡는다. 그날 섬에 종일 비가 내렸던가. 그 빗소리를 들으며 꼬막을 까고 그것을 입속에 넣은 채 우물거렸던가. 보다시피 「섬 주막」은 후루룩 읽히는 시다. 어려운 말도 없고, 애써 심오한 전언을 담지도 않았다. 아주 담백하고 정직한 시다.

종일 비가 내리고 있다. 섬이고, 섬의 외진 곳에 있는 주막이다. 텅 빈 술집 골방에 퍼질러 앉아 꼬막을 까는 사내가 있다. 방은 어두운데, 사내는 불 켜는 것도 잊었다. 그가 누구인지, 어떤 사연을 갖고 있는지 시인은 독자들에게 알리지 않는다. 그저 말없이 꼬막을 까서 제 입에 넣는 사내의 모습을 그려낼 뿐이다. 입안에 넣은 꼬막으로 볼이 꽈리처럼 부풀어 오르는데, 이 사내는 꼬막 까는 손을 멈추지 않는다. 연신 꼬막을 까서 볼이 미어지도록 제 입속으로 밀어 넣는 이 행위도 일종의 몰입이다.

사내는 얼마나 몰입하고 있는가.

소주를 마시고 취하려고 주막에 들러 소주와 함께 꼬막을 시킨 것인데, 정작 꼬막을 까서 입에 넣느라 소주는 손도 안 대고 있을 정도로 몰입한다. 이 몰입은 뭔가 골똘한 생각에서 놓여나려는 무의식의 소망이 부추긴 행동일 테다.

눅눅한 식욕
소주는 손도 안 대고

연신 꼬막을 까서 제 입속으로 밀어 넣는 이 사내를 사로잡은 식욕을, 시인은 눅눅한 식욕이라고 한다. 이 사내가 꼬막을 탐식하는 것은 그게 정말 맛있기 때문이 아니다. 그 꼬막을 까고 입속으로 가져가는 그 반복의 행위를 빌려 제 안에서 부글거리는 분노에서 벗어나고 싶기 때문이다. 여자는 떠나면서 애욕愛慾의 날들, 악마와 같은 쾌락의 짜릿했던 순간들, 늘 설레게 하던 살 냄새의 추억들도 함께 갖고 떠나버렸다. 사내의 영혼은 거덜나버리고, 사내는 빈털터리다. 남은 것은 한숨과 쓰디쓴 회한뿐이다. 지금 사내가 씹는 것은 꼬막이 아니라 바로 그 회한이다.

이 사내, 마시려고 시켜놓은 소주를 따르는 것도 잊은 채 꼬막을 까던 이 사내! 무슨 사연을 안고 있는 게 분명한 이 사내가 마침내 입을 열어 중얼거린다. 사내는 이 중얼거림을 한 번으로 그치지 않고 두 번 반복한다. 이 중얼거림은 헤어진 여자, 혹은 저를 버리고 떠난 여자를 향한 욕이다.

어휴 죽일 년
어휴 죽일 년

이 짧은 중얼거림은 많은 말을 함축한다. 사내는 자기를 버리고 떠난 여자가 밉지만 아주 미워하지는 못한다. 함께 살 붙이고 정을 쌓으며 살았던 세월의 애틋함이 아직은 가슴에 남아 있기 때문이다. 그 애틋함을 더러운 그리움이라고 말해도 크게 틀리지 않다. 아주 미워하지는 못한다 해도 못내 서운함과 분노를 억누르는 일은 쉽지 않다. 그래서 사내는 섬 주막 골방에 웅크리고 앉아 애꿎은 꼬막만을 연신 까는 것이다. 연신 꼬막을 까면서 제 안에서 울렁이는 서운함과 울분을 삭이고 있는 것이다.

빈털터리 되기 전에

주막으로 가려네

전산옥 노랫가락에

후회나 남은 한평생

제대로 구멍 한번 뚫려

치마폭 속으로

깊이깊이 침몰하고 싶다네

– 「전산옥」 중에서

사는 일은 그렇게 숭고하지도 않고, 아주 속된 것만도 아니다. 한편으로 장엄한가 하면, 다른 한편으로 쓸쓸한 게 사는 일이다.

내가 충동적으로 낯선 섬을 찾은 것은 마음 어딘가 깊은 곳에 후회나 남은 한평생 제대로 구멍 한번 뚫려 한없이 침몰하고 싶은 욕구가 있었기 때문일까. 내게도 술집 주모의 기둥서방이나 되어 날마다 술에 취해 퀭한 눈으로 늘 출렁이는 바다나 보며 한생을 보내며 자기를 파괴하고, 막무가내로 타락하고 싶은 충동이 있었던가. 그 처마가 나지막했던 철 지난 바닷가 술집 저 안쪽에 숨은 골방이 있었던가. 그 골방에서 웬 사내 혼자 등을 보이고 돌아앉아 꼬막을 까고 있었던가.

✎ ____ 전윤호는 1964년 강원도 정선에서 태어났다. 1991년 『현대문학』에서 추천받아 시인으로 등단했다. 지금까지 『순수의 시대』, 『연애소설』, 『늦은 인사』 등 네 권의 시집과 몇 권의 산문집을 세상에 내놨다. 그의 시에 정선, 영월, 도원, 탄광, 감자 얘기가 심심치 않게 나오는 것은 그가 몸과 마음으로 온전하게 강원도 사람이기 때문이다. 강원도는 시인의 영혼을 키워준 곳, 고향, 원체험이다. 그가 강원도에 대해서 시를 쓰지 않는다면 그것은 직무유기에 해당할 것이다. 이 산처럼 덩치가 큰 시인은 실연과 사직서, 구급차와 빚더미에 대한 기억을 안고 사는 한 여자의 남편이고, 두 아이의 아버지로 살고 있는 이 시대의 소시민, 그의 시를 빌려 말하자면, 터무니없이 사소한 시를 쓰는 '사소한 시인'이다.

몇 번의 실연과

몇 번의 사직서

그리고 몇 번의 구급차와

몇 개의 빚더미들
- 「사소한 시인」 중에서

그는 시인 축구단에서 골키퍼를 맡고 있다. 운동장에서 제일 외로운 자리를 지키는 골키퍼는 달려오는 공격수 앞에서 기꺼이 몸을 던진다. 그는 이 야만의 시대를 건너가는 무수한 평범한 사내 중의 하나지만, 그의 자의식 속에서는 두 손을 쓸 특권이 허용된 고독한 영웅이다.

돌아보면 그는 평범한 사내

(중략)

운동장에서 제일 외로운 자리

등 뒤에 천국과 지옥이 있지

빈틈을 노리고 날아오는 축구공을 보면서

그는 숨을 고르네

달려오는 공격수 앞에서

기꺼이 몸을 던지며

그는 깨닫지

나는 골키퍼

두 손을 쓸 특권이 허용된

고독한 영웅이라네

– 「골키퍼」 중에서

아내가 출근하고 아이들은 학교로 간 뒤 텅 빈 집에서 소일
하며 지내는 일상이나 저녁의 술집에서 혼자 술 마시는 풍경,
요지경으로 치닫는 세상을 처연한 눈빛으로 바라보기도 한다.

초록색 눈을 가진 고독이

내려다보는 한낮

결말을 아는 이야기 속에서

마지막까지 견디는 일이

이렇게 지루하다니

성공한 부자가

자신을 영웅이라 생각하는 자서전을 읽다가

몸으로 물음표를 만들고

긴 잠에 빠지다

– 「낮달」 중에서

안주로 작은 감자가 나왔다

단골이라고 주인이 덤으로 준

검게 탄 자국이 있는 감자

  – 「작은 감자」 중에서

바보들이 감투를 쓰고

도깨비 놀이하는 나라에서

밀린 공과금 몇 개 더 나왔다고

혼자 성질내고

내리자마자 사라지는 눈송이 같은

지금 여기가

봄인들 달가울까

  – 「삼월의 망명」 중에서

그가 시 쓰는 사내인 까닭이다. 나는 그의 범박한 언어로 이루어진 시들이 마음에 든다. 그의 시들이 번쩍이지는 않지만, 제 안에 진심을 담고 있다고 믿기 때문이다.

슬픔은 자랑이 될 수 있다
박준

철봉에 오래 매달리는 일은
이제 자랑이 되지 않는다

폐가 아픈 일도
이제 자랑이 되지 않는다

눈이 작은 일도
눈물이 많은 일도
자랑이 되지 않는다

하지만 작은 눈에서
그 많은 눈물을 흘렸던
당신의 슬픔은 아직 자랑이 될 수 있다

나는 좋지 않은 세상에서
당신의 슬픔을 생각한다

좋지 않은 세상에서
당신의 슬픔을 생각하는 것은

땅이 집을 잃어가고
집이 사람을 잃어가는 일처럼
아득하다

나는 이제
철봉에 매달리지 않아도
이를 악물어야 한다

이를 악물고
당신을 오래 생각하면

비 마중 나오듯
서리서리 모여드는

당신 눈동자의 맺음새가
좋기도 하였다

『당신의 이름을 지어다가 며칠은 먹었다』, 문학동네, 2012.

박준의 시편들에는 앓는 것과 장례를 연관 짓는 사뭇 조숙한 아이가 겪어내는 슬픔으로 자욱하다.

한 며칠 괜찮다가 꼭 삼 일씩 앓는 것은 내가 이번 생의 장례를 미리 지내는 일이라 생각했다
　　－「꾀병」 중에서

그 슬픔은 같은 밥을 먹고, 가난이라는 중력을 함께 견딘 까닭에 어느덧 서로 핏속의 염분이 비슷해져버린 가족에게서 비롯한다. 이 염분은 눈물의 짠맛 때문에 무의식적으로 연상되었을 것인데, 그것은 감정 농도를 지시한다.

"라면 국물의 간이 비슷하게 맞는다는 것은 서로 핏속의 염분이 비슷하다는 뜻이야"라는 말이나 해야 했을 때,
　　－「동지冬至」 중에서

가난이 곧 불행은 아니지만 그것은 자주 다양한 형태의 불행에 노출시키는 원인이다. 박준은 가난이라는 말 대신에 '결핍의 누대累代'라는 말을 쓴다. 가족은 결핍의 누대 속에서 그

것이 만든 모욕과 억압을 견딜 동력을 만든다. 아버지-어머니-형-누나-나로 이루어진 그 연대의 한 축이 무너진다.

총무는 채점을 하다말고 잠이 들어있었습니다 매년 이차에서 떨어졌던 그도, 탈출해 나왔다면 내년쯤에는 아마 이등병이 되었을 겁니다 그나저나 왜 결핍의 누대累代에는 늘 붉은 줄이 그어졌는지 알고 계실까요?

― 「유성고시원 화재기」 중에서

시집에 따르면, 먼저 떠난 것은 아버지와 누나다. 그중에서 누나의 죽음은 서정적 주체의 마음에 슬픔으로 깊게 팬 골을 남긴다. 「오늘의 식단―영햣暎에게」는 죽은 누나를 벽제의 화장장 화구 속으로 밀어 넣고 느낀 슬픔에 대해 쓴다. 산 사람은 살아야 하지 않겠냐, 하는 것이 별리 뒤의 모든 행동을 정당화한다. 이를테면 죽은 자를 화구에 밀어 넣고 나온 살아남은 자들은 식당에 몰려가 할머니보쌈이나 유천칡냉면을 시켜 꾸역꾸역 먹는 것인데, 슬픔에도 불구하고 산 자는 살아야 하기 때문이다. 산 자가 이미 죽은 사람을 위해 해야 할 일은 그다지 많지 않다. 겨우 달게 자고 일어난 아침 너에게서 받은 생일상

을 생각하는 것과 같이 소소한 기억들의 잔해를 끌어안고 슬
픔을 견디는 일뿐이다.

산 사람은

살아야 하지 않겠냐며

말을 건네는 친구에게

답 대신 근처 식당가로

차를 돌린 나는 오늘 알았다

(중략)

너는 오늘

내가 밀어 넣었던

양평해장국 빛이라서

아니면 우리가 시켜 먹던

할머니보쌈이나 유천참냉면 같은 색이라서

그걸 색色이라고 불러도 될까

망설이는 사이에

네 짧은 이름처럼

누워 울고 싶은 오늘

달게 자고

일어난 아침

너에게 받은 생일상을 생각하다

- 「오늘의 식단 - 영英에게」 중에서

시인은 철봉에 오래 매달리는 일과 폐가 아픈 일, 그리고
눈이 작은 일, 눈물이 많은 일을 가치의 기준에서 동렬에 놓는
다. 이것들이 동렬에 놓일 수 있는 가치의 등가는 '자랑이 되
지 않는다'는 것이다. 반면에 작은 눈으로 많은 눈물을 흘렸던
'당신의 슬픔'은 아직 '자랑이 될 수 있다'고 선언한다.

철봉에 오래 매달리는 일은

이제 자랑이 되지 않는다

폐가 아픈 일도

이제 자랑이 되지 않는다

74

눈이 작은 일도

눈물이 많은 일도

자랑이 되지 않는다

하지만 작은 눈에서

그 많은 눈물을 흘렸던

당신의 슬픔은 아직 자랑이 될 수 있다

　시인은 좋지 않은 세상에서 '당신의 슬픔'에 대해 생각한
다. 그 생각함의 바탕 감정은 애틋함이다. 화자는 '당신의 슬
픔'에 대해 깊은 연민을 갖고 있다. '당신'은 시인이 아직 자랑
이 될 수 있다고 믿는 슬픔의 주체인데, 구체적으로 누구를 가
리키는지는 모호하다. 시인이 사랑했던 사람일 것이란 추측
은 가능하지만 그게 애인인지 가족 중 한 사람인지 분명하지
않다. 둘의 관계는 불분명하지만 슬픔의 방계傍系로 엮인 것은
분명하다.

　나는 좋지 않은 세상에서

　당신의 슬픔을 생각한다

왜 '좋지 않은 세상'인가? 애도의 무의식 속에서 사랑하는
사람은 세상의 정의와 도덕 그 자체다. 그래서 사랑하는 사람
을 잃는 순간 세상은 정의와 도덕이 부재하는 좋지 않은 세상
으로 전락한다. 시의 화자는 '당신의 슬픔'을 생각한다. 더 정
확하게 말하자면 당신의 부재가 만든 슬픔에 젖어서 '당신의
슬픔'을 생각하는 것이다. 그 슬픔은 '나'의 슬픔에 '당신'의
슬픔이 얹어진 것이기에 두 겹이다. 슬픔을 슬픔 속에서 관조
하는 일은 두 배로 버겁고 힘들다. 시인은 그 힘듦을 이렇게
표현한다.

좋지 않은 세상에서
당신의 슬픔을 생각하는 것은

땅이 집을 잃어가고
집이 사람을 잃어가는 일처럼
아득하다

아득함은 슬픔의 복잡함에서 연유한다. 또한 그 아득함은
견뎌야 할 슬픔의 무게에서 생긴 아득함이고, 이전 삶과 이후

삶의 거리가 멀어서 생긴 아득함이다. 그것이 아득하기에 당신을 오래 생각하는 일은 이를 악물어야만 하는 일이 되었다.

나는 이제
철봉에 매달리지 않아도
이를 악물어야 한다

살아 있는 사람에게 불가피한 감정이라는 측면에서 슬픔은 삶이라는 선물에 대한 대가다. 아무도 슬픔에 젖으려고 하지 않지만, 슬픔은 삶에 틈입하고 삶을 적신다. 슬픈 사람은 대개 혼자다. 그래서 슬픔과 외로움은 짝이다. 론 마라스코Ron Marasco 와 브라이언 셔프Brian Shuff 가 쓴 『슬픔의 위안』에는 이런 구절이 있다. "모든 슬픔은 누군가로부터 남겨지는 것과 관련이 있으니, 사람들이 극심한 슬픔의 고통 속에서 혼자라고 느끼는 것은 물론 놀라운 일이 아니다. 정말 놀라운 것은 슬픔을 이야기하고 슬픔을 깨달을 때, 사람들이 뼛속 깊이 외로움을 느낀다는 점이다."

슬픔은 살아남은 자에게 정서적 면책 특권을 준다. 슬픔은 살아남은 자가 먼저 떠난 자에게 보내는 사랑과 연민을 표현하는 가장 일반적인 방식이다. 살아남은 자들은 슬픔을 통해 살아남은 것의 수치와 상실의 상처를 견딜 힘을 얻는다. 슬픔이 자랑이 될 수 있는 것은 그것이 타인에게 무해한 것이고, 마음이 아름다운 자의 징표이기 때문이다.

슬퍼하는 자는 슬픔의 큰 바다에서 헤엄치는 자와 같다. 아무리 헤엄을 쳐도 그 바다를 가로질러 건너편의 언덕으로 갈 수 없는 듯하다. 그들은 분노와 타협, 메마름, 그리고 정서적 암흑 상태를 겪는다. 하지만 슬픔은 날이 갈수록 옅어지고 묽어진다. 슬픔에도 유효기간이 있으니까 슬픔의 태풍은 마침내 잠잠해진다. 언제까지 슬퍼할 수만은 없다. 꾸려야 할 생계가 있고 이어가야 할 관계들이 있는 까닭이다. 이게 슬픔 이후의 삶이다.

이상한 뜻이 없는 나의 생계는 간결할 수 있다 오늘 저녁부터 바람이 차가워진다거나 내일은 비가 올 거라 말해주는 사람들을 새로 사귀어야 했다

얼굴 한번 본 적 없는 이의 자서전을 쓰는 일은 그리 어렵지
않았지만 익숙한 문장들이 손목을 잡고 내 일기로 데려가는 것
은 어쩌지 못했다

(중략)

'아픈 내가 당신의 이름을 지어다가 며칠은 먹었다'는 문장
을 내 일기장에 이어 적었다

– 「당신의 이름을 지어다가 며칠은 먹었다」 중에서

🖋 박준은 1983년 서울에서 태어났다. 대학과 대학원에
서 문학을 전공하고, 2008년 계간지 『실천문학』으로 등단했
으며, 2012년 문학동네에서 첫 시집 『당신의 이름을 지어다
가 며칠은 먹었다』를 펴냈다. 이제 서른을 갓 넘고, 막 첫 시집
을 펴낸 이 젊은 시인에 대하여, 나는 아는 바가 없다. 오직 이
펼쳐진 시집 한 권밖에는. 이 시집에서 가난에 얽힌 가족 서사
를 읽는 일은 어렵지 않다.

일제 코끼리 전기밥솥으로 밥을 해먹는 반지하 집

– 「관음觀音 – 청파동 3」 중에서

그때, 수학여행에 못 가고 벤치에서 몸을 김밥처럼 말아 넣는 놀이를 하고 있을 때, 친구들은 첨성대를 돌아 천마총으로 향하고 있었을 겁니다.

　－「천마총 놀이터」 중에서

믿을 수 있는 나무는 마루가 될 수 있다고 간호조무사 총정리 문제집을 베고 누운 미인이 말했다

　－「미인처럼 잠드는 봄날」 중에서

자정은,

선탄選炭작업을 마친 둘째형이 돌아오던 시간이다

　－「태백중앙병원」 중에서

너는 금속 세공사의 아들이었고 너는 아파트 수위의 아들, 나는 15톤 덤프트럭 기사의 아들이었으므로 또 새봄이 온 데다 공업고에 가야 했으므로 우리는 머리색을 노랗게 바꿔야 했다

　(중략)

나는 대중목욕탕에서 남성용 스킨을 훔쳐 나왔다

　－「잠들지 않는 숲」 중에서

이 같은 구절들을 퍼즐 조각처럼 맞추면, 가난이라는 중력을 함께 견디고 있는 한 가족의 서사가 자연스럽게 떠오른다.

사랑은 시간이라는 질료 없이는 타오를 수 없다.
사랑은 시간을 요구한다는 점에서 불가결한 필요조건이지만
거꾸로 사랑을 집어삼키는 블랙홀이기도 하다.

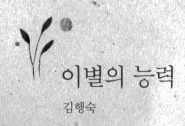

이별의 능력

김행숙

나는 기체의 형상을 하는 것들.

나는 2분간 담배연기. 3분간 수증기. 당신의 폐로 흘러가는

산소.

기쁜 마음으로 당신을 태울 거야.

당신 머리에서 연기가 피어오르는데, 알고 있었니?

당신이 혐오하는 비계가 부드럽게 타고 있는데

내장이 연통이 되는데

피가 끓고

세상의 모든 새들이 모든 안개를 거느리고 이민을 떠나는데

나는 2시간 이상씩 노래를 부르고

3시간 이상씩 빨래를 하고

2시간 이상씩 낮잠을 자고

3시간 이상씩 명상을 하고, 헛것들을 보지. 매우 아름다워.

2시간 이상씩 당신을 사랑해.

당신 머리에서 폭발한 것들을 사랑해.

새들이 큰 소리로 우는 아이들을 물고 갔어. 하염없이 빨래
를 하다가 알게 돼.

내 외투가 기체가 되었어.

호주머니에서 내가 꺼낸 건 구름. 당신의 지팡이.

그렇군. 하염없이 노래를 부르다가

하염없이 낮잠을 자다가

눈을 뜰 때가 있었어.

눈과 귀가 깨끗해지는데

이별의 능력이 최대치에 이르는데

털이 빠지는데, 나는 2분간 담배연기. 3분간 수증기. 2분간
냄새가 사라지는데

나는 옷을 벗지. 저 멀리 흩어지는 옷에 대해

이웃들에 대해

손을 흔들지.

『이별의 능력』, 문학과지성사, 2007.

이별을 노래하는 시들은 많다. 누구나 이별을 겪으며 살기 때문에 이별을 노래하는 시들이 많은 건 당연하다. 그러나 김행숙처럼 노래하는 시인은 없다. 절대로 나뉠 수 없다고 믿는 것이 분리되는 고통은 어느 날 계엄령과 같이 갑자기 다가온다. 이별은 단절의 재앙을 선고받는 것, 많은 것들이 무로 환원하는 사건, 다시는 합일되지 않는 무와 무로 나뉘는 역사다. 그 액운은 당사자가 아닌 사람들에게는 마치 모래 위에 부러진 손톱같이 아무렇지도 않다.

백사장 위에 부러진 손톱들
아무도 이어줄 수 없는 무와 무
   — T. S. 엘리엇Thomas Stearns Eliot, 「불의 설교the fire sermon」 중에서

사람들은 저격수와 같이 우리 심장을 쏜 이별의 총알을 맞고 쓰러진다. 금기들이 생기고 몸과 마음은 그 감옥에 갇힌다. 이별한다는 것은 벽 없는 감옥의 수인囚人이 되는 것이다. 이별의 능력이란 먼저 이별할 수 있는 능력이고, 그다음은 이별의 후유증을 견디는 능력이고, 마침내 자아를 살육하는 부재와 고요히 다가오는 심장마비를 극복하는 능력이다.

나는 기체의 형상을 하는 것들.

나는 2분간 담배연기. 3분간 수증기. 당신의 폐로 흘러가는 산소.

그러나 김행숙은 이별을 마치 즐거운 유희라도 되는 것처럼 쓴다. 이별을 감당하는 처지에 놓인 시적 화자는 스스로를 담배연기, 수증기, 산소라고 말한다. 이별을 겪어내는 시의 화자는 어디에도 심각한 구석이 보이지 않는다. 이별의 아픔, 이별의 슬픔들을 기체의 형상을 하는 것들에 실어버린다. 그것들은 손에 잡히지 않고 곧 공중에서 사라져버리는데, 혼자 사라지지는 않는다.

기쁜 마음으로 당신을 태울 거야.

이 시적 어조의 경쾌함과 명랑함이라니! 복수조차 명랑한 일에 속하는 것처럼 말한다. 시적 화자가 겪는 이별은 명랑한 이별이다. 그래서 마치 세상의 모든 이별이 명랑한 것인 양 오해될 수 있겠다.

이별 뒤에 당신은 한순간의 환각이 만든 헛것에 지나지 않는다. 나는 이별을 하고 빨래를 하고 당신을 담배처럼 태운다.

당신 머리에서 연기가 피어오르는데, 알고 있었니?
당신이 혐오하는 비계가 부드럽게 타고 있는데
내장이 연통이 되는데

당신을 태우는 것은 당신을 식도로 삼키는 것과 마찬가지다. 내가 삼켜버린 당신의 존재감은 어디에도 없다. 나는 어디에도 존재감이 없는 당신과 당신의 흔적들을 굳이 잊으려고 노력할 필요도 없다. 왜냐하면 당신은 이미 무로 돌아가고, 아무것도 아닌 것이 되었기 때문이다. 당신이 이미 무로 환원해버렸기 때문에 나는 2시간씩도, 당신 머리에서 폭발한 것들도 사랑할 수 있다.

2시간 이상씩 당신을 사랑해.

당신 머리에서 폭발한 것들을 사랑해.

나는 노래를 부르고, 빨래를 하고, 낮잠을 자고, 명상을 하고, 헛것을 본다. 그 시간들을 주목하자.

나는 2시간 이상씩 노래를 부르고
3시간 이상씩 빨래를 하고
2시간 이상씩 낮잠을 자고
3시간 이상씩 명상을 하고, 헛것들을 보지. 매우 아름다워.

그것들은 이별의 감옥에서 필사적으로 도주하기다. 시의 화자는 웃고 있지만 실은 속으로 울고 있다. 노래를 하고, 빨래를 하고, 낮잠을 자고, 명상을 하는 동안은 이별의 고통에 대한 면죄부를 받는 시간이다. 이 시적 어조의 명랑성 아래에는 침묵의 무수한 울부짖음과 슬픔의 십이지장과 이별의 저격을 받고 죽은 마음의 시체들이 숨어 있다.

이별은 마음의 씨앗들을 짓이겨버린다. 차라리 씨앗들이 짓이겨진 뒤에는 유태인 600만 명이 사라진 2차 세계대전 뒤에 태어난 베를린의 소년들처럼 천진난만할 수가 있다. 시적 화자는 문득 눈을 뜬다.

그렇군. 하염없이 노래를 부르다가

하염없이 낮잠을 자다가

눈을 뜰 때가 있었어.

눈과 귀가 깨끗해지는데

이별의 능력이 최대치에 이르는데

이 구절은 '나'의 슬픔을 보여준다. 그러니까 내내 눈을 감고 노래를 부르고 낮잠을 자고 있었다는 뜻이다. 눈을 뜬다는 것은 이별의 슬픔에 대해 눈을 뜬다는 것이다. 그때 이별의 능력이 최대치에 이르는데, 그러면 시적 화자는 더욱 사랑스럽고 모호해진다. 그리하여 삶의 인습에 묶인 제 존재를 아무렇지도 않게 익명성 속에 숨긴다. 담배연기, 수증기, 냄새들이 공중에 섞이는 것처럼.

우리는 아픔 없이 잘게 부서질 수 있습니다. 우리는 잘 섞일 수 있습니다. 만두의 세계는 무궁무진합니다.

　　－「초대장」 중에서

만두는 이것저것들이 잘게 부서져 뒤섞여 만들어진 익명의 세계다. 개별성을 지워버린 만두의 세계는 무궁무진하다. 당신은 무궁무진한 만두의 세계 속으로 흘러가 버렸다. 이별을 겪고도 씩씩함을 잃지 않은 시적 화자는 이웃들을 향해 가볍게 손을 흔든다.

이웃들에 대해
손을 흔들지.

김행숙은 1970년 서울에서 태어났다. 김행숙이 태어난 1970년에 전태일은 제 몸에 석유를 붓고 분신자살을 했다. 오후 2시경이었다. 당시 평화시장 피복공장에서 일하는 전체 근로자들의 상황은 최악이었다. 전태일은 "우리는 기계가 아니다! 일요일은 쉬게 하라!"고 외쳤다. 그해 별자리들은 불안했는데, 특히 화성과 목성과 토성들은 기묘한 부조화를 만드는 위치에 있었고, 그 빛은 흐렸다. 세 별의 부조화는 달의 인력에 영향을 미치고 그 인력의 변화로 자궁이 약한 여자들은 생리불순이 잦아지고 우울증에 빠지곤 했다. 모든 게 순조로워 보였지만 실은 보이지 않는 곳에서 주기적 격변激變에 대한 힘들이 싹트고 있었던 것이다. 그해 서울에서 태어난 아이들은 대부분 '텔레비전 키드'들이고, 대마초에 취한 젊은이들의 시대가 올 예정이었다.

김행숙은 첫 시집 『사춘기』의 뒤표지에 "한때, 내가 되고 싶었던 건 투명인간이었다"고 썼다. 선일여자고등학교 복도에서 먼지가 뽀얗게 일어나는 운동장을 바라보며 투명인간이 되었으면 하는 공상을 하던 여학생은 대학을 졸업하고 난 뒤 시인이 되었다. 이끼 낀 태양이 뜨고, 거리에서는 도를 믿는 사람들이 소맷자락을 붙잡았다. 여학생들이 치맛단을 접어 무릎을 드러낼 때 제 머릿속을 공상의 보육원이라고 상상한 선일여자고등학교 여학생 김행숙은 몇 번의 졸업식과 송별식을 거친 뒤에 시인이 되었다. 그 김행숙을 여러 사람들이 모인 곳에서 두어 번 본 적이 있다. 흠, 키가 크고 별 말이 없군. 말 없음의 틈으로 나는 그의 고요한 내면을 슬쩍 엿본 듯하다. 첫 시집의 「울지 않는 아이」라는 시가 떠올랐다.

아주 조용하죠. 내 머릿속에서 훌쩍임들이 멎고 흘러나오던 콧물도 얼었어요

격 하는 뭔가 한꺼번에 넘어지는 소리가

고요를 분할했지요

(중략)

아이들의 악몽은 모퉁이에서 불쑥 튀어나오는 자동차 같아서

피하기가 어려워요

– 「울지 않는 아이」 중에서

울지 않는 아이, 그게 바로 시인의 자아일까? 울지 않는 아이는 세상의 폭력을 피하지 못하고 묵묵히 견디는 아이다. 자아에 가해지는 세상의 폭력들은 모퉁이에서 불쑥 튀어나오는 자동차 같다. 그걸 피할 수 없으니 자동차는 그대로 아이의 몸을 통과하고 지나간다. 울지 않는 아이는 고요가 고요를 분할하는 소리를 듣는 아이다. 그런 아이들은 성장해서 다 시인이 되는 것일까?

반가사유

류근

다시 연애하게 되면 그땐

술집 여자하고나 눈 맞아야지

함석 간판 아래 쪼그려 앉아

빗물로 동그라미 그리는 여자와

어디로도 함부로 팔려 가지 않는 여자와

애인 생겨도 전화번호 바꾸지 않는 여자와

나이롱 커튼 같은 형겊으로 원피스 차려입은 여자와

현실도 미래도 종말도 아무런 희망 아닌 여자와

외항선 타고 밀항한 남자 따위 기다리지 않는 여자와

가끔은 목욕 바구니 들고 조조영화 보러 가는 여자와

비 오는 날 가면 문 닫아 걸고

밤새 말없이 술 마셔주는 여자와

유행가라곤 심수봉밖에 모르는 여자와

취해도 울지 않는 여자와

왜냐고 묻지 않는 여자와

아,

다시 연애하게 되면 그땐

저문 술집 여자하고나 눈 맞아야지

사랑 같은 거 믿지 않는 여자와

그러나 꽃이 피면 꽃 피었다고

낮술 마시는 여자와

독하게 눈 맞아서

저물도록 몸 버려야지

돌아오지 말아야지

『상처적 체질』, 문학과지성사, 2010.

「반가사유」를 읽는 일이 씁쓸하고 아릿했던 것은 끝난 사랑의 후일담에 따르기 마련인 씁쓸한 긴 여운 때문이고, 그것의 성분적 요소들이 지독한 결핍과 쓰라린 실패이기 때문이다.

다시 연애하게 되면 그땐
술집 여자하고나 눈 맞아야지

'다시'라는 부사를 주목하자. '다시'는 그 어휘의 문법적 쓰임인 계기적 시간을 잇는 운동성보다는 그것의 소진에 따른 단절을 더 많이 지시한다. 시의 화자는 '다시' 앞에서 더는 앞으로 나아가지 못한 채 주저앉아 있다. '다시'는 계기적 시간으로 나아가려는 화자의 안쓰러운 몸짓을 가리키지만, 실천적 행동으로서의 그것을 견인하지는 못한다. 이 시에서 '다시'라는 부사는 존재의 이행과 변화라는 애초의 제 뜻을 감당하는 일이 버겁다. 하지만 '다시'는 제 뜻을 감당하지 못함으로 그 의미화에 닿는다. '다시'는 존재의 이행보다는 앞의 연애가 끝나버렸다는 것, 그 연애는 회고라는 형식에서만 유효함을 보여준다. 그 뒤를 잇는 여러 시구는 다시 사랑할 여자의 조건에 대해서 늘어놓는다. 애인 생겨도 전화번호 바꾸지 않는 여자,

외항선 타고 밀항한 남자 따위 기다리지 않는 여자, 가끔은 목욕 바구니 들고 조조영화 보러 가는 여자, 유행가라곤 심수봉밖에 모르는 여자…… 따위가 바로 그것이다. 범박한 세속성과 청승스러움을 나타내는 이 조건들은 앞서 떠난 여자가 갖지 못한 것이리라. 만일 앞선 연애의 여자가 그 조건들을 충족시켰다면 그 연애는 끝나지 않았을 것이기 때문이다.

류근의 상상 세계에서 여자는 사랑 앞에서 앞뒤를 재고 늘멈칫거리거나 망설인다. 왜일까? 사랑을 믿지 못하기 때문이다. 그러나 '나'는 사랑 앞에서 간절함으로 목을 매고, 그래서그 사랑은 뜨겁고 아프다. 여자는 그 사랑이 너무 아프다고, 아픈 것은 사랑이 아니라고 떠난다. 그런 여자 앞에서 시인은다음과 같이 말할 뿐이다.

여자여, 너무 아픈 사랑도 세상에는 없고
사랑이 아닌 사랑도 세상에는 없는 것
다만 사랑만이 제 힘으로 사랑을 살아내는 것이어서
사랑에 어찌 앞뒤로 집을 지을 세간이 있겠느냐
－「너무 아픈 사랑」 중에서

사랑은 제 힘으로 사랑을 살아내는 것이지만, 사랑이 지속되려면 거꾸로 사랑 아닌 그 무엇의 떠받듦이 필요하다. 사랑은 절대로 저 혼자서 저를 지속시킬 동력을 만들지 못하는 까닭이다. 사랑만으로 사랑하는 것은 그 사랑이 곧 끝나리라는 예고일 따름이다.

슬퍼 말아요, 어차피 우리들의 연애는
불친절한 예언이었을 뿐이니까요.
— 「친절한 연애」 중에서

이 시구는 불친절한 예언이 곧 사랑의 실천적 양태임을 말한다. 사랑만으로 사랑을 살아내겠다는 연인들의 약속은 찬란한 순수성으로 반짝거리지만 그 뒤에 숨은 함의는 사랑을 끝내겠다는 불친절한 예언이다. 방금 사랑에 빠진 모든 연인은 한결같이 사랑은 시작과 함께 끝을 향해 달려간다는 실체적 진실에 눈감는다.

사랑 같은 거 믿지 않는 여자와
그러나 꽃이 피면 꽃 피었다고

낮술 마시는 여자와

독하게 눈 맞아서

저물도록 몸 버려야지

돌아오지 말아야지

시구에는 새로운 사랑에 대한 희구가 아니라 이미 끝난 사랑에 대한 회한이 더 짙게 배어난다. 이는 메아리가 없는 혼잣말이다. 화답 없는 독백은 '내'가 떠나간 사랑과 다시 올 사랑 사이에 혼자 있음의 증거다. 저물도록 몸 버려야지, 돌아오지 말아야지, 따위의 가정법은 역설적으로 아직 사랑이 회임되지 않았음을, 새로운 사랑이 찾아올 가능성의 희박함을 드러낸다. 결국 '나'는 버림받고 홀로 남아 독작獨酌을 하며, 여기는 내가 사랑하기에 어울리지 않는 곳이라는 타자의 구시렁거림을 자기 것으로 편취한다. 혼자 술 마시기는 사랑의 동시적 주체인 '나'의 일방적 소외에서 빚어진 슬픔과 아픔에서 벗어나려는 가장 쉬운 자기 망각/위로의 한 방식이다.

여긴 내가 사랑하기에 어울리지 않는 곳,

 ─「위독한 사랑의 찬가」 중에서

끝난 사랑은 떠나고 혼자 남은 자에게 그리움과 상처를 내려놓는다. 왜일까?

당신의 처음인 냄새를 나는 늘 마지막으로 간직할 뿐이어서 처음과 마지막이 한몸으로 비틀리는 자세의 닿을 수 없는 냄새를 영원히 당신 것으로 기억한다. 내게 다녀간 그 숱한 것들 가운데 당신밖에 나를 이 끝까지 데려다 놓은 처음은 없다

　－「당신의 처음인 마지막 냄새의 자세」 중에서

이 모호한 구절은 그 상처의 원인이 잃어버린 처음, 즉 당신은 언제나 영구적으로 회복 불가능한 '나'의 마지막이 되기 때문이라고 말한다. 당신은 '나'를 '당신의 처음인 냄새'에서 분리시켜 그것이 휘발되어버린, 즉 당신의 부재가 만든 영원한 상실의 자리에 데려다놓는 존재다. 그런 맥락에서 당신은 '나'의 사랑이면서 동시에 '나'에게서 사랑을 앗아가는 존재라는, 즉 사랑을 주었다가 사랑을 빼앗는 모순된 이중성의 행위자라는 함의를 갖는다.

모든 지나간 사랑은 내 생애에

진실로 나를 찾아온 사랑 아니었다고 말해주는 것이다

– 「독백」 중에서

이처럼 말하는 것은 진실이 아니다. '나'에게 왔다가 지나 간 사랑들은 사실은 진실로 '나'를 찾아왔던 사랑들이다. 다만 그 사랑들이 '나'에게서 사라져 없을 뿐이다. 사랑은 사라지고 그 뒤 소외된 취객이 하나 남을 뿐이다. 그러므로 상처는 나의 체질이라고 중얼거리는 취객이 있다면, 그는 분명 실연자일 것임에 틀림없으니 그냥 지나치지 말고 그를 붙잡아 술집으 로 끌고 들어가 한 잔 더 마실 일이다.

그러나 나는 또 이름 없이

다친다

상처는 나의 체질

어떤 달콤한 절망으로도

나를 아주 쓰러뜨리지는 못하였으므로

– 「상처적 체질」 중에서

류근은 1966년 경북 문경에서 태어나 충북 충주에서

자랐다. 중앙대학교 문예창작과를 나와 시를 쓰는 사람이다. 1992년에 《문화일보》 신춘문예에 시가 당선되어 문단 등단 절차를 마쳤으나 지면에 시를 발표하지는 않았다. 2010년에 꽁꽁 묶어두었던 시고詩稿들을 갈무리해서 문학과지성사에서 『상처적 체질』이라는 첫 시집을 내고, 몇 해 전 산문집 『사랑이 다시 내게 말을 거네』를 냈다.

나는 시인을 알지 못한다. 시집에 따르면 시인은 술꾼이다.

사람을 만나면 술을 마셨다
술자리가 끝나기 전까지는
떠나지 않으리라는 기대 때문이었다
— 「극지極地」 중에서

낮은 여름이고 밤부터 가을이었는데
여름부터 취해 있던 내가 가을 술집에 앉아
또 술을 마시고 있었던 것인지
— 「낮은 여름이고 밤부터 가을」 중에서

억울하다 술 마실 때에만 불쑥 자라나는 인생이여

－「머나먼 술집」 중에서

술꾼의 자부심이 잔뜩 묻어나는 시구들을 보면 시인은 술
꾼으로서 남부럽지 않은 무수한 일탈과 위반의 스펙들을 쌓
아온 것 같다. 시집을 찬찬히 들여다보고 미루어 짐작컨대, 술
마시는 곡절은 대개 '연애'와 상관이 있다. 그 흘러넘치는 술
들 안팎으로 지독한 '연애'가 배치되어 있다. 그 '연애'의 진폭
은 눈썹 한끝에 어린 꽃나무들을 데려다준 첫사랑에서 너무
아픈 사랑은 사랑이 아니라는 이유로 일방적으로 버림받아
너무 아픈 실연의 사랑까지 꽤 넓고 다양하다.

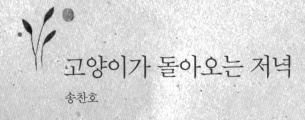

고양이가 돌아오는 저녁

송찬호

고양이가 돌아오는 저녁,

입안의 비린내를 헹궈내고
달이 솟아오르는 창가
그의 옆에 앉는다

이미 궁기는 감춰두었건만
손을 핥고
연신 등을 부벼대는
이 마음의 비린내를 어쩐다?

나는 처마 끝 달의 찬장을 열고

맑게 씻은

접시 하나 꺼낸다

오늘 저녁엔 내어줄 게

아무것도 없구나

여기 이 희고 둥근 것이나 핥아보렴

『고양이가 돌아오는 저녁』, 문학과지성사, 2009.

「고양이가 돌아오는 저녁」은 감각적 이미지가 돋보이는 시다. 달과 고양이를 한 줄에 엮다니! 달이 뜨자 고양이는 돌아온다. 달과 고양이의 두 행위는 공교롭게 동시적으로 이루어진다. 실은 공교로울 것도 없는 사건이다. 진실은 이렇다. 달은 하늘의 고양이, 고양이는 변신한 집 안의 달이다. 둘 사이에 아무런 피의 연대는 없지만 둘은 이복자매처럼 엮인다. 달은 수시로 모양이 바뀐다. 하현 때 야위고 보름 때 둥글어진다. 야생의 부름에 고양이는 자주 집을 나간다. 무단가출했다가 어느 날 불쑥 돌아온다. 고양이는 여자의 숨은 내면이고, 달은 여자의 드러난 외면이다. 그 둘은 변심하기 쉬운 여자의 표상이다.

달은 차고 일그러지고, 파도는 오고 감을 되풀이한다. 여자는 그런 달이고 파도다. 여자는 항상 영혼의 가장 위험한 상태다. 여자들의 내면에는 고양이들이 한 마리씩 들어 있다. 남자들은 한 생애 동안 얼마나 많은 고양이들을 만나는 걸까. 고양이들은 시에서 이렇게 묘사된다.

우리는 모두 어둠과 추위로부터 쫓겨온 무리랍니다

106

한때는 방 안을 뒹굴던 털실 몽상가와 잘도 놀았답니다

현기증 나는 속도의 바퀴와 아찔한 연애도 해봤구요

– 「고양이」 중에서

이 세상의 모든 남자들은 파멸을 감수하면서 이 변심 잘하는 고양이에게 제 모든 것을 걸고 연애에 투신한다. 고양이는 바람의 딸이다. 늘 모든 것은 갑자기 사라진다.

앗, 잠시 한눈을 파는 사이 방 안 모서리, 손거울, 집 열쇠, 어항의 물고기가 사라지고 없어요

다그쳐 물어도 종알종알 털만 핥을 뿐 모른다 도리질만 하네요

– 「고양이」 중에서

다그쳐 물어도 모른다 모른다 도리질만 하는 고양이를 사랑하는 건 수컷들의 가혹한 운명이다. 이 가혹한 운명에 들린 수컷들이 할 수 있는 건 무얼까. 프리드리히 빌헬름 니체 Friedrich Wilhelm Nietzsche는 이렇게 적는다. "추억이 고름이 되어 아침마다 침대를 더럽힐 때 그는 지나간 삶을 원망하게 된다."

송찬호 시인은 이렇게 적는다.

달이 해를 가리고 지나가는 그 짧은 순간,
나는 늑대 속으로 뛰어들고 싶었다 복면을 하고
은행원들을 개처럼 바닥에 엎드리게 하고
불이야, 소방차가 불난 꽃집으로 달려가게 하고
유명한 불륜 남녀를 맨홀 속으로 내려가 사라지게 하고
앵무새가 되어 엽기적 살인 사건의 배후로 등장하고 싶었다
　－「일식」 중에서

그러나 그러질 못한다.

세상은 아무 일도 없다는 듯 도시는 다시 환해졌다
　웅덩이의 물이 바지에 튀지 않도록 조심하면서 나는 횡단보
도를 건넜다
　나는 오랫동안 다른 이름으로 살기를 원했다
　－「일식」 중에서

겨우 웅덩이 물이 바지에 튀지 않도록 조심하며 걷고, 오랫

동안 다른 이름으로 살기를 원할 따름이다. 그런 남자들에게
괴테는 이렇게 말한다. "이런 꼴로 살아간다는 것은 개라도
비웃을 일이다!"

이미 궁기는 감춰두었건만
손을 핥고
연신 등을 부벼대는
이 마음의 비린내를 어쩌다?

달이 뜨고 고양이가 돌아온 이때는 궁기가 사무치는 저녁
이다. 변덕스럽고 제멋대로 굴던 고양이는 이제 다정하다. 집
나갔던 여자가 돌아온 것일까? 손을 핥고 연신 등을 부벼댄
다. 고양이는 사랑을 갈구하며 '나'를 애무한다. 애무는 정사
의 전 단계다. 그러나 '나'는 식물성이므로 고양이의 적극적
구애 행동에도 발기가 일어나지 않는다. 발기가 없는 육체에
게 섹스의 달콤하고 넘치는 쾌락은 없다. 이 저녁은 금욕주의
로 일관한다. 이 다정한 고양이에게 '나'는 줄 게 없다. 그래서
겨우 할 수 있는 게 접시 하나 꺼내는 일이다.

나는 처마 끝 달의 찬장을 열고

맑게 씻은

접시 하나 꺼낸다

오늘 저녁엔 내어줄 게 아무것도 없다고 말하는 이 저녁은
잔인한 저녁이다. 가난은 우리의 마음에서 비롯한다. 여자들
은 다시 돌아오지만 이미 헐벗고 가난한 남자는 여자에게 줄
것이 남아 있지 않다. 서로의 마음이 엇갈린다. 엇갈리는 두
마음 사이로 차고 축축한 달빛이 흐른다. 여자는 다이아몬드
를 원했으나, '나'는 숯을 주었다. 니체는 숯과 다이아몬드는
'동족'인데, 다른 '동족'이라고 말한다. 그래서 "가장 아름다운
사랑도 약간은 쓰다"라고 한다. 이 하염없는 사랑의 시라니!
가난한 연인은 배고픈 제 애인에게 빈 접시를 주고 이것이나
핥아 보렴, 하는 수밖에 없다. 송찬호는 여자/고양이를 발명한
다. 그 여자/고양이와의 사랑이 하염없음을 노래한다. 이 지구
위에서 사랑은 그 하염없음 때문에 멸종하지는 않을 것이다.

돌로 찧은 여뀌즙 사랑은 여전히 물고기 눈을 쩌르고 갈라진
시멘트 틈에서도 아이들은 분수처럼 솟고 그대의 어미들은 천

일의 밤을 팔아 아침 한때를 맞이하리니

　　– 「사과」 중에서

　이 세상에 사랑이란 사랑은 다 말라 비틀어져서, 더는 새로 태어나는 아기의 울음소리가 들려오지 않을까, 그리고 새 아침이 영원히 오지 않을까, 염려하지 않아도 되겠다.

　✎　　송찬호는 1959년 충북 보은에서 태어났다. 보은에서 중학교를 마친 뒤 대전에서 고등학교를 마치고 대학교는 대구에서 마쳤다. 동해안에서 초병으로 군대 생활을 하며 그이는 심심할 때마다 김춘수 시집을 꺼내 읽으며 시인의 꿈을 키웠다고 한다. 1987년 『우리 시대의 문학』으로 등단해 지금까지 시집 『10년 동안의 빈 의자』, 『붉은 눈, 동백』, 『고양이가 돌아오는 저녁』을 냈으며, 〈김수영문학상〉, 〈미당문학상〉, 〈이상시문학상〉 등을 수상했다.

　대학을 마친 뒤 아주 짧은 기간 동안 직장 생활을 한 적이 있지만 몸에 맞지 않았다. 직장을 1년 만에 그만두고 그이가 다시 고향으로 돌아온 것은 1992년이다. 그 뒤로 고향에 붙박이로 눌러 살고 있지만 한일한 은둔자가 아니라 수족을 바쁘게 놀리는 농사꾼으로 뿌리를 내렸다. 그이는 겉으로는 부드러우나 속으로는 강한 사람이다. 시인의 아내는 중학교 교사다. 그이는 아내의 소망을 이뤄주기 위해 고향에 한옥을 지었다. 아무 경험 없이 인부들과 함께 한옥을 짓는 일은 아주 고단한 일이었다. 몇 해 전 대전역 앞 한 소줏집에서 그이와 소주잔을 기울였는데, 한옥이 4년 반 만에 완공되었다고 젖은 목소리로 말했다. 기쁘냐고 물었더니, 기쁠 것도 없다는 대답이 돌아왔다. 그이는 어떤 시에서 이렇게 쓴다.

그 소용돌이치는 여울 앞에서 나는 백 년 잉어를 기다리고 있네

－「임방울」 중에서

나는 그이가 기다리는 백 년 잉어가 무엇인지 모른다. 그이가 얼마 전 집필을 끝냈다는 첫 장편소설이 금빛 비늘이 찬란한 잉어일까.

이별의 능력이란 먼저 이별할 수 있는 능력,
이별의 후유증을 견디는 능력,
자아를 살육하는 부재와 고요히 다가오는
심장마비를 극복하는 능력이다.

2장

지금 이 시간이
내 생애에 가장 젊은 날

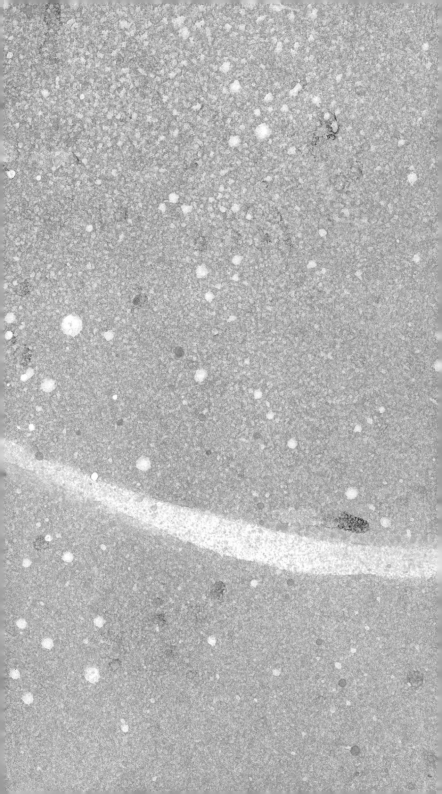

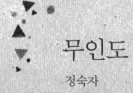

무인도

정숙자

서푼짜리 친구로 있어줄게

서푼짜리 한 친구로서 언제라도 찾을 수 있는

거리에 서 있어줄게

동글동글 수너리진 잎새 사이로

가끔은 삐친 꽃도 보여줄게

유리창 밖 후박나무

그 투박한 층층 그늘에

까치 소리도 양떼구름도 가시 돋친 풋별들도

바구니껏 멍석껏 널어놓을게

눈보라 차나운 날도

넉 섬 닷 섬 햇살 긴 웃음

껄껄거리며 서 있어줄게

지금 이 시간이 내 생애에 가장 젊은 날

아껴아껴 살아도 금세 타 내릴

우리는 가녀린 촛불

서푼짜리 한 친구로

멀리 혹은 가까이서 나부껴줄게

산이라도 뿌리 깊은 산

태평양이 밀려와도 끄떡없는 산

맑고 따뜻하고 때로는 외로움 많은

너에게 무인도로 서 있어줄게

『열매보다 강한 잎』, 천년의시작, 2006.

「무인도」는 '너'라고 이인칭으로 불러낸 대상에게 변치 않을 우정을 약속하는 시다. 서푼짜리 친구로 언제라도 찾을 수 있는 거리에 서 있겠다고, 좋을 때나 나쁠 때나 넉넉한 웃음을 보내주겠다고 약속한다.

　　서푼짜리 한 친구로서 언제라도 찾을 수 있는
　　거리에 서 있어줄게

이 우정의 약조는 갸륵하다. 매화처럼 사람을 고상하게 하고, 난초처럼 사람을 그윽하게 하고, 국화처럼 사람을 소박하게 하고, 연꽃처럼 사람을 담백하게 하는 이가 벗이다. 저 혼자서는 아무것도 아니되 벗과 더불어 있을 때 매화가 되고 난초가 되고 국화가 되고 연꽃이 된다. 이렇듯 참다운 벗은 나로 하여금 매화와 난초와 국화와 연꽃의 격을 갖게 만든다. 금란지계金蘭之契라는 말이 있지 않은가! 둘이 마음을 합치면 쇠도 자를 수 있을 만큼 단단해지고, 그 향기가 난의 향기와 같다는 뜻이다.

조선시대 선비 이덕무에 따르면 친구란 먼저 나지도 않고 뒤에 나지도 않으며 한 시대에 함께 태어나야 하며, 남쪽 땅에 나지도 않고 북쪽 땅에 나지도 않고 한 고장에 함께 태어나는 공교롭고도 오묘한 인연이 닿아야만 한다고 말한다. 시인의 친구는 맑고 따뜻하고 때로는 외로움이 많다고 했다. 시의 화자는 그 친구를 위해 삐친 꽃, 까치 소리, 양떼구름, 풋별 들을 보여주겠다고 약속한다. 그가 홀로 외로울까봐, 그가 홀로 심심할까봐.

시인은 자신을 가리켜 '서푼짜리' 친구라고 말한다. 생이란 그것이 품은 졸렬과 수치 때문에 '서푼짜리'만큼이나 가볍고 하찮은 것이다.

아껴아껴 살아도 금세 타 내릴
우리는 가녀린 촛불

그 우정의 무게는 대단하다.

산이라도 뿌리 깊은 산
태평양이 밀려와도 끄떡없는 산

맑고 따뜻하고 때로는 외로움 많은

너에게 무인도로 서 있어줄게

　시인이 무인도로 서 있어주겠다며 변치 않을 우정을 약속
한 친구는 누구인가? 물론 그 대상은 사람일 수도 있겠지만,
그건 시가 아닐까라고 짐작해본다. 시가 무엇이길래 그토록
깊은 우정을 다짐하는 것일까.

날마다 풀을 따서 물에 던지고

흘러가는 잎이나 맘해 보아요.

－ 김소월, 「풀따기」 중에서

　김소월이 이처럼 노래할 때, 그 뜻 없는 해작질 같은 게 시
가 아닐까. 시는 날마다 풀을 따서 물에 던지고 물결 따라 흘
러가는 잎에나 마음을 주는 일이다. '쓸쓸해서 머나먼' 것, 한
세기 전 시인 폴 발레리 Paul Valéry 가 반쯤 벌어진 석류를 보고
"제가 발견한 것들의 힘에 겨워 파열된 고매한 이마"라고 할
때 그 언어의 섬광들, 우연의 기적들, 그래봤자 언어의 묶음인
것, 그것이 시다.

먼 세계 이 세계

(저기 기독교가 지나가고
불교가 지나가고
도가道家가 지나간다)

쓸쓸해서 머나먼 이야기올시다

– 최승자, 「쓸쓸해서 머나먼」 중에서

벗을 위하여 시인은 무인도로 서 있겠다고 말한다. 무인도
는 사람이 살지 않는 섬이다. 시에게 살과 뼈와 오장육부를 다
바쳤으니, 시인은 가진 게 없겠다. 무인도나 다름없이 고적하
겠다. 그러니 이 구절은 시를 위해 모든 것을 다 바치고 무인도
의 고적한 운명을 받아들이겠다는 다짐이다. 시인은 말한다.

갈비뼈 하나 바치지 않고 자신의 창세기 열 수 있는 사람은
아무도 없다
피 묻히지 않고 갈비뼈 하나 주무를 수 있는 사람도 없다

– 「이브 만들기」 중에서

그가 제 갈비뼈를 바쳐서 열 창세기란 무엇인가? 바로 시인의 삶이다. 시를 쓰고 시인으로 살다가 죽는 삶이다. 그가 죽은 뒤에는 봉분封墳도 필요 없다고 했다. 육신은 썩어 흙과 바람과 물로 돌아갈 것이다. 그러나 뼈로써 쓴 시는 남는다.

가지런히 썩은 〈시〉자字를 이슬이 먹고 새들이 먹고 구름이 먹고 바람이 먹고……
자꾸자꾸 먹고 먹어서 천지에 노래가 가득하도록……
독을 숨기고 웃었던 시는 내 삶을 송두리째 삼키었지만 나는 막대기 둘만 있으면 한 개 부러뜨려 〈시〉자字를 쓴다
젓가락 둘 숟가락 하나 밥상머리에서도 〈시〉자字를 쓴다
- 「무료한 날의 몽상 - 무위집無爲集 2」 중에서

시인의 운명 외에는 아무것도 욕심이 없는 사람! 그랬으니 젓가락 둘과 숟가락 하나가 놓인 밥상머리에서도 그 젓가락과 숟가락으로 〈시〉자字를 쓸 사람이다.

시인에게 시는 처음 마주쳤던 그 순간부터 흠모의 대상이고, 꿈과 운명을 빨아들이는 스펀지와 같은 그 무엇이었다.

「무인도」를 읽으며 다시 한 번 시에 자신을 송두리째 바친 시인의 마음을 짚어본다. 시가 마음을 송두리째 가져가버렸으니, 자나 깨나 시 생각밖에 하지 않은 것은 당연하다. 그는 상상에서조차 사람의 뼈를 추려내면 몇 편의 〈시〉자를 쓸 수 있을까, 하는 사람이다.

막대기가 셋이면 〈시〉자字를 쓴다
내 뼈마디 모두 추리면 몇 개의 〈시〉자字를 쓸 수 있을까
  –「무료한 날의 몽상 –무위집無爲集 2」 중에서

사람의 뼈는 206개다. 〈시〉자를 쓰려면 뼈 세 개가 필요하다. 그렇다면 사람의 뼈를 오롯이 추려 쓸 수 있는 시는 69편이 채 안 된다. 시인은 무료한 날의 몽상 끝에 이런 구절을 적고 있다.

동그란 해골 하나는 맨 끝에 마침표 놓고 다시 흙으로 덮어다오
  –「무료한 날의 몽상 –무위집無爲集 2」 중에서

제 뼈를 다 추려 시를 쓰고 해골을 마지막 시의 마침표로 쓰겠다는 이 서원誓願에는 과연 시에 종신재직을 맹세할 만한 결기가 있지 않은가!

✎___ 정숙자는 1952년 전북 김제에서 태어났다. 여중생 때부터 오빠의 서가에 꽂힌 책들을 읽으며 시에 심취했다. 시가 무조건 좋았다. 『애지』에서 시인은 말한다. "앉으나 서나 시만을 베끼고 외우고 혹은 지었다." 시에 대한 그토록 지독한 열병이라니! 그러나 여러 사정으로 배움의 기회를 이어가지 못했다. 고백에 따르면 "일생 동안 피 흘려야 할 운명과 손을 잡았다"고 했다.

결혼을 하고 아이를 낳고 살던 어느 날 첫사랑처럼 소녀 시절의 시가 찾아왔다. 그래서 나라 안에서 시를 가장 잘 쓴다고 꼽는 시인을 무작정 찾아갔다. 손에는 맥주 한 병, 사과 한 알이 들려 있었다. 일면식도 없는 대가 시인에게 절을 하고 맥주를 한 잔 따르고, 시 제자로 받아달라고 청탁했다. 시에 대한 목마름과 간절함이 시킨 짓이었을 테다. 당대 최고로 꼽히는 시인은 이 당돌한 제자의 청탁을 껄껄 웃으며 기꺼이 받아주었다. 시인은 미당 서정주를 독선생으로 모시고 시를 배웠다. 당연히 서정주의 추천으로 문단에도 나왔다. 1988년 『문학정신』을 통해 등단하고, 어느덧 시인이 된 지 스무 해가 훌쩍 넘어가버렸다. 시집 『열매보다 강한 잎』, 산문집 『밝은음자리표』, 『행복음자리표』 등을 냈으며, 〈황진이문학상〉을 수상했다.

배꽃은 배 속으로 들어가
문을 잠근다

이문재

그때 봄날 우리들은 삶의 극지

삼송리거나 교문리에서 살았는데

극지여서 그랬으리 봄은 더욱 신랄했으니

나주 배꽃 한창인데도 길 떠나지 못해

안달할 적이며 더워진 마음은

삼송리거나 교문리 가는 밤길에 올라섰는데

몸들이 불을 켜 밤길 훤했다

보름 쪽으로 둥글어지던 달빛이며

은박지처럼 빛나던 개구리 울음소리

안으로 안으로 옹골차지던 배꽃이

숨가빠 죄다 숨이 가빠

봄밤은 흥건했으나

속수무책으로 나는, 그대는

하르르 하르르 무너졌으니

나는 그대는 우리들은

늘 맨 처음 아니면 맨 끝이었으나

우리들은 서로

그리고 더불어 극단이었다

남행하지 못한 늦봄 심야

스스로 불켜고 근교로 나갔던 발광체들이

저마다 배 속으로 들어가 문 걸어 잠근 배꽃들을

소리쳐 부르고 있었으니

『마음의 오지』, 문학동네, 1999.

서울에서 밀려난 청춘들이 하나둘씩 모여 살던 곳이 삼송리나 교문리인데, 그곳은 아직 배 밭이 있던 한적한 서울 변두리였다. 1980년대 초 미개발지로 논밭이 남아 있던 삼송리나 교문리의 황량한 벌판은 보들레르의 「알바트로스」처럼 먼 지평으로 날던 청춘들이 제 버거운 삶을 내려놓은 기착지였다. 변두리에도 봄은 어김없이 찾아왔다.

　　보름 쪽으로 둥글어지던 달빛이며
　　은박지처럼 빛나던 개구리 울음소리
　　안으로 안으로 옹골차지던 배꽃이

　　이들이 어우러진 그 봄밤 숨결을 가진 것들은 천지에 들어찬 봄의 생기와 아름다움에 취해 제 삶이 머문 자리보다 더 먼 곳을 꿈꾸기 일쑤였다. 허나 어쩌랴.

　　극지여서 그랬으리 봄은 더욱 신랄했으니

　　안달이 난 마음은 발정 난 고양이들처럼 온몸에 불을 켜고 안절부절못했다. 그렇다, 삼송리나 교문리가 극지여서 더욱 그랬던 것이다. 누구는 감옥으로 가고, 누구는 프랑스로 유학을 떠나고, 누구는 인도로 성지순례를 가는데, 감옥도 유학도 성지순례도 떠나지 못한 미욱한 청춘들만 남아 더워진 마음으로 삼송리나 교문리에 오는 봄을 속절없이 맞았다. 봄은 간절하게 기다린 자나 기다리지 않은 자에게 평등하게 분배되었다. 그 분배에는 어느 한 사람 예외도 없이 누구에게나 똑같이 나눠진다는 원칙과 정의가 시퍼렇게 살아 있었다.

배나무마다 배꽃들은 작렬하고, 달빛은 환하게 부서져 내려 밤하늘의 별들조차 전율하고, 봄은 그토록 신랄하게 마음을 들쑤시는데, 오, 그 신생의 삶을 살지 못하고 그늘에 붙잡혀 있는 청춘들이라니! 그들은 거기를 뜰 수가 없었다. 그곳은 청춘의 극지였으므로 '봄은 더욱 신랄'하고 바람이 든 마음들은 저 멀리까지 달아났다 다시 돌아오곤 했다. 거기에 엎드려 사는 청춘들은 너나 할 것 없이 삼송리나 교문리 너머의 삶을 꿈꾸고 있었으므로 그 삶이 비천했다. 가난하고 미래도 불확실한 그 시절의 삶이 아무리 비천하다 해도, 온통 배꽃의 흰빛에 물드는 봄밤의 저 서울 외곽 삼송리나 교문리에는 말 그대로 피안彼岸의 황홀경이 번지곤 했다.

속수무책으로 나는, 그대는

하르르 하르르 무너졌으니

봄은 천지의 기운이 음에서 양으로 바뀌는 절기다. 봄밤의 흥건함은 오로지 양의 기운으로 충만해 있기 때문이다. 소녀들은 초경의 붉은 피를 흘리고, 소년들은 제 몸에서 새순筍이라도 돋는 듯 온몸이 근질근질해진다. 땅속의 뿌리들은 연한 흙 속을 더듬어 물과 자양분을 취하고, 씨앗들은 땅거죽을 밀어 올리며 싹을 내민다. 양기의 힘을 받은 온갖 생령들은 저를 짓누르는 무거운 것들을 찢고, 깨고, 솟아난다. 서둘러라, 봄밤의 가지들이여, 피워내야 할 꽃잎들을 부지런히 피워내라.

우리를 이끄는 것은 잿빛 삶을 뚫고 나와 하늘과 땅 사이를 물들인 흰빛이다. 배꽃은 어둠 속에서 빛나는 발광체다. 배 밭은 흰빛의 고요로 충만한 바다다. 흰 깃을 가진 수천의 새들이 그 바다의 어둠에서 날아오른다. 배나무 가지에 숨어 있던 피닉스Phoenix들이 자꾸자꾸 흰 깃을 달고 밖으로 튀어나온다. 그것은 잿빛 죽음을 뚫고 나오는 흰빛의 삶이다. 죽음을 질료 삼아 피어나는 이 신생의 삶들을 물어 나르는 불의 새들, 영원히 죽지 않는 피닉스들이다. 우주에 깃든 양의 기운으로 생기를 얻은 불의 새들은 생로병사를 가로질러 날아간다.

스스로 불켜고 근교로 나갔던 발광체들이
저마다 배 속으로 들어가 문 걸어 잠근 배꽃들을
소리쳐 부르고 있었으니

1980년대 서울의 변방인 삼송리나 교문리는 삶의 극지였다. 그 시절 그곳에는 목숨을 바쳐 지켜야 할 의로움은 없고, 휘황한 흰빛에 물든 비천한 삶들은 널려 있었다. 그곳이 곧 남극이거나 북극이라고 단정질 수는 없지만 무릉도원이 아닌 것은 분명하다. 그만큼 척박하고 그만큼 가난했다. 흰빛들은 잠든 욕망들을 두드려 깨운다. 그래서 성적 욕망들의 소용돌이로 마음은 더워지고 숨결은 자꾸 가빠진다. 극지에서 극지가 아닌 곳, 즉 '다른 곳'에서 '다른 삶'을 살아보고 싶다는 꿈을 꾸는 것은 청춘의 권리다. 그러나 현실은 만만하지 않다. 흰 꽃이 되고 온몸에 불을 밝혀 어둠을 밝히고자 하나, 그 꿈들은 속수무책으로 '하르르 하르르 무너졌으니', 그들이 나아갈 길은 단 하나뿐이었다. 삼송리나 교문리에서 그들 스스로

'극단'이 되는 것이었다. 취기가 불러일으킨 만용에 기대 두보杜甫나 이하李賀의 후손임을 참칭하거나 랭보나 보들레르의 위악과 퇴폐를 무단으로 가져다 훈장처럼 제 가슴에 달고 몰래 염세주의적인 시를 쓰거나 했다. 그 시절 삼송리나 교문리에서는 누구나 나는 너에 대해, 너는 나에 대해, 그리고 시와 삶과 세계에 대해 '극단'이었다.

배나무 가지에 달라붙은 발광체들이 마침내 배 속으로 들어가 문을 걸어 잠근다. 배꽃이 만개해서 그 흰 꽃잎들이 하르르하르르 지던 저 아득한 봄밤 그 발광체들은 용솟음치는 양의 기운들을 배 속에 가두고 스스로 둥글어져 속이 옹골찬 배로 익어갈 것이다. 마찬가지로 삼송리나 교문리를 뜨지 못한 미욱한 청년들은 그 '극단'에서 스스로 둥글어져 하나의 우주를 이룰 것이다. 그때 저 배꽃이 황홀하게 피고 지던 서울 근교에서 속수무책으로 무너지던 그 많던 청춘들은 지금 어디에서 무엇이 되어 떠돌까?

✒ 이문재는 1959년 경기도 김포에서 태어났다. 그이가 태어난 김포군 검단면 마전리는 본디 황해도 출신 실향민들

이 하나둘씩 모여들어 만든 마을이다. 그 시골에서 중학교를 마치고 인천고등학교로 진학하는데, 그때까지도 문학에는 별 뜻이 없었다고 한다. 그이를 시인으로 키운 것은 경희대학교 국문과로 진학한 뒤 만난 압도적인 문학의 열기다. 류시화, 박덕규, 박주택, 김형경, 이혜경 등이 그이의 대학 입학 동기들인데, 사회에서 이단으로 낙인찍힌 소수 종파의 신도같이 그 동기들이 뿜어내는 도저한 문학적 광신의 열기에 저도 모르게 감염되고 만 것이다.

그이가 『시운동』 4집에 처음 시를 발표한 1980년대 초 무렵 어느 날 그이를 만났다. 김포공항에서 새들을 쫓는 공포탄을 쏘며 병역 의무를 마치고 사회로 복귀한 그이는 털이 채 자라지 못한 꺼병이같이 어리숙한 모습이었다. 청년 이문재의 모습은 문청보다는 견습수사見習修士에 더 가까웠다. 그 시절부터 지금까지 그이의 입에서 남에 대한 험담이 나오는 걸 못 듣고, 누구를 향해 성난 얼굴을 보이는 것을 못 보았다. 그이는 대학을 마친 뒤 주부생활과 학원사를 거쳐《경향신문》과 《시사저널》에서 기자와 편집위원, 취재부장을 하다가 2005년 5월 그만두었다. 현재는 경희대학교 후마니타스 교수로 있다.

시집 『내 젖은 구두 벗어 해에게 보여줄 때』, 『산책시편』, 『마음의 오지』, 『지금 여기가 맨 앞』 등과 산문집 『이문재 산문집』, 『바쁜 것이 게으른 것이다』 등을 냈으며, 〈김달진문학상〉, 〈소월시문학상〉 등을 수상했다.

마음 연한 부분을 사포로 문지르는 듯 거친 '잡지판'에서 '활자밥'을 오래 먹으면서도 그이는 여전히 보리밥과 매생이국을 찾고, 배알이 없는 사람처럼 싱거운 미소를 달고 다녔다. 그이를 시골 사람으로 만드는 먹성과 순한 사람으로 규정짓게 하는 유전자는 쉬이 변질되지 않은 것이다. 몇 해 만에 만나도 그이는 변함없이 헐겁게 웃는다.

청년시인 이문재는 아주 섬세하게 비애의 가족사를 시에 담아냈다. 고은의 초기 시가 없던 누이와 형수를 호명해서 낭만적 가족사를 지어낸 것과 마찬가지로 그 가족사는 몽상주의자가 지어낸 아우라로 모호하고 불확실했다. 죽은 형수와 옛집 지붕 위로 흘러가는 별들을 호명하며 옛 기억들의 아우라를 만들 때 거기엔 어떤 정치적 자각이 깃들 여지가 없었다. 청년의 내면에 들끓는 욕망들은 결핍의 자리에서 정화 과정을 거쳐 탁기가 빠진 맑은 그리움으로 변하는데, 젊은 몽상주의자의 그 관습적 레토릭rhetoric 의 문체는 항상 근거가 불확실한 그리움의 습기를 잔뜩 머금어 쥐어짜면 물이 뚝뚝 떨어졌다. 습기로 부푼 그 세계는 눅진하고 모호한 그 자체로 완전무결한 세계였다.

그이가 변한 것은 문명이 제 몸과 마음의 불화를 촉발하게 한다는 참담한 자각이 있은 뒤다. 어느 날 제 몸이 있는 곳에 마음이 없고, 마음이 있는 곳에서 떨어진 몸이 홀로 헐벗은 채 떨고 있는 무참함과 마주친 뒤 그이는 문명에 내장된 야만성과 폭력성에 진저리치며 건강한 생태 환경을 지키는 전사戰士로 거듭난다. 그이의 문체는 모호함을 떨쳐내고 단호하고 명확한 전언을 실어 나르기 시작한다.

내 삶은 이미 환경문제였다
나는 공해배출업소였다
– 「고비사막」 중에서

이 문장에는 한 점의 모호함도 없다. 그이의 시는 몸에서 멀어진 마음을 몸의 크기에 맞춰 몸으로 되돌려놓는 '산책'을 주목하고, 문명의 야만성에 연루되지 않은 채 생명을 기르고 거두는 소농小農의 유기농 노동을 예찬한다. 그이의 문학적 근황은 여전히 생태학적 상상력 언저리, '산책'과 '농업박물관', 즉 느림, 비움, 슬로푸드, 언플러그드, 녹색혁명 등에서 그리 멀리 나아가지 않은 자리에서 이루어진다.

    농업박물관 앞뜰
    나는 쪼그리고 앉아 우리 밀 어린 싹을
    하염없이 바라다보았다
    ―「농업박물관 소식―우리 밀 어린싹」 중에서

무가당 담배 클럽에서의
술고래 낚시

박정대

저 숲속 깊은 곳으로 가면 무가당 담배 클럽이 있다네. 어떤 사람들은 그걸 애연가 클럽으로 알고, 또 어떤 사람들은 담배를 끊으려는 금연 동맹 정도로 아는데, 무가당 담배 클럽은 도심에 호랑이를 풀어놓기 위한 시민 연합과 차라리 그 성격이 비슷하다네. 얼음이 물이 되고 종달새가 우는 봄이 오면 무가당 담배 클럽에서는 무슨 일이 일어나고 있나. 아는 사람은 다 알지. 무가당 담배 클럽에서 봄을 맞이하여 첫 번째로 하는 일은 지난 겨울 클럽에서 읽던 책들을 절구통에 넣고 빻아서 떡을 만들어 먹는 일, 겨우내 얼어붙었던 얼음 맥주의 강을 망치로 부수어 마시는 일 그리고 그 강물 속에서 술에 절어 겨울잠을 자던 술고래들을 낚시하는 것, 그렇다면 술고래들의 겨울잠이 무가당 담배 클럽에 무슨 해를 끼치기라도 했단 말인가. 그렇지는 않지만 얼음 맥주의 강에서 얼음장을 깨고 술고래들을 낚는 일은 너무나 재미있는 일이라네, 술고래들을 운반하기 위하여 무가당 담배 클럽의 마을에는 기차가 드나드는 작은 역도 하나 생겨났지, 하루에 두 번 기적을 울리며 기차가 들어올 때면 술고래들은 잠에서 깨어나 펄쩍펄쩍 뛰지. 그러나 이미 때는 늦은 거라네, 술고래들은 아마 도시로 팔려나가 사람들을 위해 얼음 맥주의 호수를 망치로 부수는 일을 하겠지, 더러는 커다란 수족관 같은 데서 술 마시고 담배 피지, 더러는 커다란 수족관 같은 데서 술 마시고 담배피우는 연기를 하기도 하겠지, 무가당 담배 클럽에서는 올해도 상당한 숫자의 술고래를 도시와 계약했다니, 얼음이 물이 되는 봄이 오면 무가당 담배 클럽의 술고래 낚시가 더욱 바빠지겠네

『내 청춘의 격렬비열도엔 아직도 음악 같은 눈이 내리지』, 민음사, 2001.

박정대의 시들은 청춘의 재담과 경구들, 그리고 청춘의 아름다운 이미지들로 가득 차 있다. 그의 시들은 끝없이 펼쳐진 황량한 벌판의 한쪽을 가녀리게 붙잡는 유목민의 악기인 마두금馬頭琴 선율과 닮아 있다. 조금은 슬프고, 조금은 고독하고, 조금은 우울하다. 그의 상상력이 지칠 줄 모르는 상심과 저항의 급류와 희망 없는 기다림에서 발효되기 때문이다. 그의 시들은 리듬을 절제하기보다는 난만하게 풀어헤치고, 규범의 당위를 따르기보다는 무규범적으로 자유롭다. 그것이 젊음과 낭만의 생태학적 인식을 노래하기에 적당하기 때문이다.

'무가당 담배 클럽'은 우연의 음악이 바람의 국경선을 넘나드는 곳에 있다.

가자, 우연의 음악이 바람의 국경선을 넘나드는 곳에 무가당 담배 클럽은 있다
— 「무가당 담배 클럽과 바람의 국경선」 중에서

그 클럽에는 무국적자, 이탈자, 무정부주의자들로 붐빈다. 시인은 술꾼들과 지독한 애연가들을 회원으로 받는 그 클럽

의 핵심 요원이다. '무가당 담배 클럽'을 차라리 청춘의 망명 정부라고 해두자.

지난 겨울 클럽에서 읽던 책들을 절구통에 넣고 빻아서 떡을 만들어 먹는 일, 겨우내 얼어붙었던 얼음 맥주의 강을 망치로 부수어 마시는 일 그리고 그 강물 속에서 술에 절어 겨울잠을 자던 술고래들을 낚시하는 것,

그곳의 봄맞이 행사다. '무가당 담배 클럽'의 회원들은 봄에서 시작하여 가을까지 줄기차게 술을 마시고 스스로 맥주의 강으로 흐른다. 겨울이 되면 그 강은 얼어서 '얼음 맥주의 강'이 된다. 봄이 되면 클럽의 회원들은 망치로 얼어붙은 얼음 맥주의 강을 깨고 마신다. 해마다 그러기를 되풀이하는 것이다.

'무가당 담배 클럽'은 술고래들의 인공 낙원이다. 술고래들은 술이 불러오는 취기 속에서 그들의 천국을 본다. 술과 담배는 나이든 자에게는 여러 취향 중의 하나겠지만, 젊은 자들에게는 생존의 불안과 고달픔을 해소하는 유일한 기호가 된다. 왜 질풍노도 시기의 젊은이들은 그토록 술에 기대는가. 술

은 불안에 지치고 미래에 절망한 자의 가슴을 뛰게 하는 노래
며 피를 덥히는 기쁨이기 때문이다. 보들레르는 "유리 감옥에
갇힌 포도주의 혼이 박복한 인간들에게 빛과 우애의 노래를
들려준다"고 말한다. 포도주는 반은 한량이고 반은 군인의 영
혼을 가졌다. 그것은 얼어붙은 슬픔은 녹여주고 사랑과 영광
은 무럭무럭 자라게 한다. 들어보라, 술의 자부심 넘치는 노랫
소리를. 보들레르는 『포도주 예찬』에서 이렇게 말한다. "나는
조국의 영혼이며, 반은 한량, 반은 군인이라오. 나는 일요일의
희망, 노동은 번영의 나날을 일구고, 나는 행복한 일요일을 만
들어준다오."

클럽의 회원들은 이 취기의 연대 속에서 우정을 다지고, 저
68혁명의 주역들이 그랬듯이 마오쩌둥毛澤東과 체 게바라Ché
Guevara의 생애를 흠모하고 기린다. 사랑을 원하나 사랑을 얻
는 법을 모른다.

누군가 나에게 묻는다, 사랑을 하려면 어떻게 해야 하지요
나는 대답한다, 백 년 동안 고독해지세요
　 ─「버찌는 벚나무 공장에서 만든다」 중에서

술이 깬 뒤의 청춘은 초조한데, 시인은 그 초조함의 근거를
이렇게 밝힌다.

너무 빨리 완성되었다, 아직은 때가 아니다

– 「음악들」 중에서

완성은 때가 되기도 전에 너무 빨리 와버렸다. 이 어긋남,
너무나 많은 우연의 불일치들이 생을 망쳐버린다. 청춘은 그
불길한 징후들과 싸우는 시기다. 그 싸움의 도구들이 담배와
술이다. 청춘은 담배와 술의 힘을 빌려 문지방을 넘는다. 시인
이란 견고한 것, 고독의 문턱 너머에 있는 그 무엇이다. 시인
은 이렇게 노래한다.

고독이 이렇게 견고할 수 있다니
이곳은 마치 바다의 문지방 같다
(중략)
이곳에서 그대는 그대 마음의 문지방을 넘어서는
또 다른 생의 긴 활주로 하나 갖게 되리라

– 「사곶 해안」 중에서

사랑과 혁명도 그 문지방을 넘어서야 한다. 모든 진경은 문지방을 넘어야 비로소 도달할 수 있다. 그 문지방을 넘어서면 또 다른, 생의 긴 활주로를 하나 갖게 되리라고 말한다. 그 활주로에서 우리가 할 수 있는 것은 무엇인가. 순간과 영원 사이에서, 소멸과 영겁회귀 사이에서, 청춘을 지나 어른이 되는 것이다. 이륙한다는 것은 권태와 우울을 먹고 무럭무럭 자라, 어느 날 갑자기, 날아올라 기성세대의 일원에 소속되어 버리는 것이다.

박정대는 1965년 강원도 정선에서 태어났다. 1990년 『문학사상』으로 등단하여 지금까지 시집 『내 청춘의 격렬비열도엔 아직도 음악 같은 눈이 내리지』, 『아무르 기타』, 『삶이라는 직업』, 『체 게바라 만세』 등을 냈으며, 〈소월시문학상〉과 〈김달진문학상〉을 수상했다. 몇 해 전 한국시인협회에서 백여 명의 시인들과 함께 독도를 방문한 적이 있다. 울릉도에서 독도로 들어가는 배 안에서 박정대를 처음으로 보았다. 아니, 그 전인지도 모른다. 밥 딜런Bob Dylan의 노래와 장만옥張曼玉의 영화와 무라카미 하루키村上春樹의 소설들과 체 게바라와 페루와 알베르 카뮈Albert Camus의 오랑Oran과 로맹 가리Romain

Gary를 사랑하는 청년은 독도로 향하는 선박 안에서 우울한 얼굴로 소주를 마시고 있었다.

밥 딜런의 노래 듣고 싶어, 전속력으로 차를 몰아 42번 국도를 지나왔다
  - 「열두 개의 촛불과 하나의 달 이야기」 중에서

배는 동해의 거친 파도에 흔들리고 있고, 그 안에서 시인은 소주로 달아오른 얼굴로 연신 담배를 피웠다. 나는 굳이 구레나룻이 덥수룩한 그에게 꿈을 묻지 않았다. 젊었음에도 깊은 피로감에 젖은 듯한 얼굴은 너무나 많은 꿈을 꾸는 자들이 지닌 낭만적 질병들을 보여주었기 때문이다.

한때 나의 꿈은 저 불란서의 뒷골목에나 가서 푸른 눈의 여자와 놀다가 객사하는 것

또 한때 나의 꿈은 아무도 모르는 고장에 가서 포플러의 그림자처럼 조용히 살아가는 것
  - 「집으로 가는 길」 중에서

낯선 고장에서 객사를 꿈꾸는 것은 젊은 자의 특권에 속한다. '무가당 담배 클럽'의 회원이라는 박정대는 '피의 적군파' 같은 얼굴로 웃었다. 그는 모든 길 위에 있었고, 동시에 그 어디에도 없었다.

불꽃의 선線, 끝없이 움직이는, 일렁이는 발광하는 생生
그것이 내 이름이다
– 「열두 개의 촛불과 하나의 달 이야기」 중에서

그렇기에 어디에도 안주할 수 없다. 단 한 번의 사랑과 불멸의 음악을 꿈꾸는 청춘은 어디서나 고달프고 어디서나 고독하다. 스무 살이어서 청춘이 아니라 방황하기에 청춘인 것이다. 피로와 고독 속에서 제 불행의 지도를 넓히는 이들이 바로 청춘들이다. 사랑을 잃고, 새로운 사랑이 오기 전까지, 백년 동안의 고독에 빠진 청춘들은 간짜장처럼 쏟아지는 어둠을 비빈다.

봄날 저녁이지, 마음의 한켠에선
간짜장처럼 쏟아지는 어둠을 비빈다

식욕이여, 황폐해질수록 아름다운 식욕이여

– 「목련통신」 중에서

그리고 고작해야 이렇게 중얼거릴 뿐이다.

내 청춘의 격렬비열도엔 아직도 음악 같은 눈이 내리지

– 「음악들」 중에서

극지에서 극지가 아닌 곳,

즉 '다른 곳'에서 '다른 삶'을 살아보고 싶다는

꿈을 꾸는 것은 청춘의 권리다.

연가 9

마종기

1

전송하면서
살고 있네.

죽은 친구는 조용히 찾아와
봄날의 물속에서
귓속말로 속살거리지,
죽고 사는 것은 물소리 같다.

그럴까, 봄날도 벌써 어둡고
그 친구들 허전한 웃음 끝을
몰래 배우네.

2

　의학교에 다니던 5월에, 시체들 즐비한 해부학 교실에서 밤
샘을 한 어두운 새벽녘에, 나는 순진한 사랑을 고백한 적이 있
네. 희미한 전구와 시체들 속살거리는 속에서, 우리는 인육人肉
묻은 가운을 입은 채.

　그 일 년이 가시기 전에 시체는 부스러지고 사랑도 헤어져
나는 자라지도 않는 나이를 먹으면서 실내의 방황, 실내의 정
적을 익히면서 걸었네. 홍차를 마시고 싶다던 앳된 환자는 다
음날엔 잘 녹은 소리가 되고 나는 멀리 서서도 생각할 것이 있
었네.

3

친구가 있으면
물어보았네.

무심히 걸어가는 뒷모습
하루 종일 시달린 저녁의 뜻을.

우연히 잠 깨인 밤에는
내가 소유한 빈 목록표를,
적적한 밤이 부르는 소리를,
우리의 속심은
깊이 물속에 가라앉고
기대하던 그 만남을
물어보았네.

『안 보이는 사랑의 나라』, 문학과지성사, 1999.

「연가 9」는 따뜻하고 쓸쓸한 시다. 젊은 나이에 너무 일찍 철이 나버린 자의 정서가 고스란히 드러난다. 시의 화자는 대뜸 말한다.

전송하면서
살고 있네.

먼저 죽은 친구를, 군대 가는 친구를, 이민 가는 친구를 전송하며 우리는 사는 것이다. 우리는 청춘을 전송하며 젊음과도 결별하는데, 그 순간 청춘의 이름으로 얻은 모든 면책 특권을 잃는다. 우리는 기성세대에 편입되고 온갖 책임과 의무를 감당해야만 한다.

의학교에 다니던 5월에, 시체들 즐비한 해부학 교실에서 밤샘을 한 어두운 새벽녘에, 나는 순진한 사랑을 고백한 적이 있네. 희미한 전구와 시체들 속살거리는 속에서, 우리는 인육 시체 묻은 가운을 입은 채.

새벽녘 해부학 교실에서 순진한 고백으로 시작된 이 첫사

151

랑은 그다지 내구성이 강하지 않다. 연약한 이 첫사랑은 깨지고 이내 과거로 화석화되고 만다. 몇 번의 연애, 몇 번의 헤어짐만으로 벌써 어른이 되어버린 자의 의젓함이라니!

그 일 년이 가시기 전에 시체는 부스러지고 사랑도 헤어져 나는 자라지도 않는 나이를 먹으면서 실내의 방황, 실내의 정적을 익히면서 걸었네. 홍차를 마시고 싶다던 앳된 환자는 다음날엔 잘 녹은 소리가 되고 나는 멀리 서서도 생각할 것이 있었네.

첫사랑의 유효기간은 1년 안팎이다. 1년이 가기 전에 첫사랑은 깨지고, 돌보던 앳된 환자는 덧없이 죽고, '자라지도 않는 나이'를 먹으면서 방황을 한다.

스무 살 무렵 니체는 우연히 라이프치히의 한 서점에서 아르투어 쇼펜하우어 Arthur Schopenhauer 의 『의지와 표상으로서의 세계』를 산다. 니체는 날마다 네 시간씩 이 책을 탐독해서 엿새 만에 다 읽는다. 그리고 누이에게 이렇게 쓴다. "우리는 무얼 찾고 있는 거지? 일상의 안위, 아니면 행복? 그게 아니야,

어쩌면 너무나 소름끼치도록 그릇된 진실 외엔 아무것도 아닐지도 몰라……."

스무 살 무렵 내가 찾고 있던 것은 무얼까? 기꺼이 삶의 외피를 감싸는 기만들과 싸워야 한다는 것. 진짜 의사가 되려면 철저하게 아파봐야 한다는 것. 고통에의 투신을 두려워하지 말아야 한다는 것. 그 무렵 내가 금과옥조로 품고 있던 것, 카뮈의 말대로 "삶은 아름답다, 그것 말고 구원은 어디에도 없다." 다시 마종기의 시로 돌아가자.

삶과 죽음이 하나라는 깨달음에 이른 봄날, 너무 일찍 체념하고 너무 일찍 달관해버린 이 청춘은 조금은 위악적이고 냉소적이다.

여자에게서 취할 것은
약간의 미모와
약간의 애교와
여자에게서 취할 것은
약간의 요리와

봄날의 이불.

-「연가 13」 중에서

시구는 그 냉소를 슬쩍 드러낸다. 하지만 냉소 아래에는 여전히 여자를 경외하는 마음과 여자와 함께 사는 달콤한 미래에의 갈망이 들어 있다.

현관이 있는 집을 가지면 소리 은은한 초인종을 달고, 쓸쓸한 친구를 맞으려고 했었지. 파란 항공 엽서로는 편지를 쓰면서 겨울을 사랑하고, 테 없는 안경을 끼고 수염을 조금만 키운 뒤, 조용히 가라앉은 목소리로 헤세의 아우구스투스를 읽으려고 했었지. 이제 당신은 알고 말았군. 길어야 6개월의 대화만이 남은 것, 6개월의 사랑, 6개월의 세상, 6개월의 저녁을, 그리고 나에게 남은 6개월의 상심을, 6개월의 눈물을 알고 말았군.

-「연가 10」 중에서

현관이 있는 집, 멀리 있는 친구에게 파란 항공 엽서에 편지를 쓰는 것, 테 없는 안경을 끼고 수염을 조금 기르는 것, 헤르만 헤세Hermann Hasse 의 아우구스투스를 읽는 것…… 이 조촐한 행복이 시의 화자가 꿈꾸는 미래다. 그러나 각박한 현실은 그 소박한 꿈마저 쉽게 허락하지 않는다는 사실을 이미 안다.

봄날은 빨리 저물고, 친구들의 웃음 끝은 어쩐지 허전하다. 벌써 살아가는 일이 녹록지 않다는 것을 배우며 쓸쓸한 달관에 이른 것이다.

무심히 걸어가는 뒷모습
하루 종일 시달린 저녁의 뜻을.

그 친구들에게 이를 물어본다 해도 내가 원하는 대답을 들을 수는 없다. 청춘이 지나간 뒤 이룬 것은 없고, 이뤄야 할 것은 많은데 삶은 여전히 혼란스럽고 우연과 모호함 속에 숨어 있다. 불확실한 미래 때문에 잠들지 못하는 밤이 많아지는 것도 이 무렵이다.

죽은 친구는 조용히 찾아와
봄날의 물속에서
귓속말로 속살거리지,

죽고 사는 것은 물소리 같다.

어느 날 아침, 나는 미치지 않았고, 자고 일어난 뒤 갑자기 유명해지지도 않았다. 나는 술과 담배를 못하고, 일찍이 포커도 배우지 못했다. 내게는 죽은 친구가 찾아오지도 않고, 그랬으니 죽은 친구가 귓속말로 죽고 사는 것은 물소리 같다고 속삭이지도 않았다. 나는 비루했다. 내 삶은 바람의 기운을 받아 솟구치는 파도의 기세와도 멀었다. 연애도 못한 채 늘 시립도서관 주변을 맴돌며 우울하게 통과하던 그 비루한 스무 살 시절, 「연가 9」는 가장 좋아하던 시편 중의 하나였다. 나는 이 시를 줄줄 외웠다. 이 시를 외우며 크나큰 위안을 얻곤 했다.

청춘에서 아득히 멀어졌지만, 나는 여전히 자라지도 않는 나이를 먹는다. 살아온 날보다 살아갈 날이 점점 짧아지는 삭막한 중년의 나이에도 한밤중에 잠이 깨면 적적한 밤이 부르는 소리에 쉽게 잠들지 못한다. 가끔 한밤중 조용히 귀 기울이면 나를 떠나간 사람들, 지금은 어디에 사는지도 모를 그들이 나를 애타게 부르는 듯하다. 아니 그들이 나를 부르는 게 아니라 내가 그들을 애타게 부르고 있는 것이다.

우연히 잠 깨인 밤에는

내가 소유한 빈 목록표를,

적적한 밤이 부르는 소리를,

✎ ── 마종기는 1939년 일본 도쿄에서 태어났다. 아버지는 그 유명한 동화작가인 마해송이고, 어머니는 무용가인 박외선이다. 서울 명륜동에서 오래 살았다. 스물한 살 때인 1960년 첫 시집 『조용한 개선』을 펴냈다. 같은 동네 골목에 살던 아버지 친구인 화가 장욱진이 속 그림을 그리고, 서문은 연세대학교 은사인 시인 박두진이 썼다. 이 풋풋한 첫 시집에는 중학교와 고등학교 때 썼던 습작시 몇 편도 함께 들어 있다. 나는 헌책을 파는 한 인터넷 서점에서 『조용한 개선』을 샀다. 시집 판권란을 펼쳐 발행일자를 보니 단기 4293년 9월 15일로 되어 있다.

시인이 명륜동을 떠난 뒤 나는 우연히도 그 동네에서 살게 되었는데, 시인을 흠모하던 나는 그 라일락꽃 향기가 어지럽던 봄날 명륜동 골목들을 산책하며 어딘가에 남아 있을 그의 자취를 혼자 짚어보곤 했다. 그 명륜동의 지번들이 새겨진 문

패들을 물끄러미 바라보며 옛 골목들을 순례하는 것은 나만의 고요한 도락이었다. 돌아보면 그 시절은 게오르크 루카치Gyorg Lukacs의 말대로 "별이 빛나는 하늘을 보고 길을 찾을 수 있던 행복한 시대"였다.

마종기는 연세대학교 의과대학 재학 중이던 1959년에 『현대문학』의 추천으로 문단에 나왔다. 시인은 연세대학교를 거쳐 서울대학교 의과대학 대학원 과정을 마치고 미국으로 건너가 오하이오주립대학교 의과대학의 교수를 지냈다. 얼마 전 문학과지성사 사무실에 우연히 들렀다가 뜻밖에도 마종기 시인을 만난 적이 있다. 어느덧 70대 초반에 이른 시인은 청바지를 입고 있었는데, 건강한 청년의 모습을 하고 있었다. 지금까지 『이슬의 눈』, 『안 보이는 사랑의 나라』, 『그 나라 하늘빛』 등의 시집과 『당신을 부르며 살았다』, 『우리 얼마나 함께』 등 다양한 산문집을 냈으며, 〈이산문학상〉, 〈현대문학상〉 등을 수상했다.

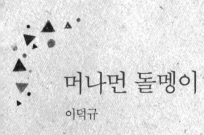

머나먼 돌멩이

이덕규

흘러가는 뭉게구름이라도 한번 베어보겠다는 듯이 깎아지른
절벽 꼭대기에서
수수억 년 벼르고 벼르던 예각의
날 선 돌멩이 하나가 한순간, 새카만 계곡 아래 흐르는 물속
으로 투신하는 걸 보았네

여기서부터 다시 멀고 험하다네

거센 물살에 떠밀려 치고받히며 만신창이로 구르고 구르다가
읍내 개울 옆 순댓국밥집 마당에서
다리 부러진 평상 한 귀퉁이를 다소곳이 떠받들고 앉아 있는
닳고 닳은 몽돌까지

『밥그릇 경전』, 실천문학사, 2009.

「머나먼 돌멩이」는 '돌멩이'의 신산한 역정을 빼고 더하고 없이 보여준다. '절벽 꼭대기'에서 '읍내 개울 옆 순댓국밥집 마당'의 '다리 부러진 평상 한 귀퉁이'를 떠받드는 '몽돌'이 되기까지의 신산스런 내역이 주르륵 펼쳐진다. 그 내역을 사설로 풀면 책 한 권으로도 감당하지 못할 테다. 그렇게 길게 풀자면 그 안에는 기어코 신세 한탄과 자기 연민이 끼어들기 마련이지만, 시는 흐벅진 군살을 허락하지 않는다. 압축과 은유라는 뼈만 남기는 게 시다. 「머나먼 돌멩이」는 경성硬性의 존재인 돌이 오랜 디아스포라diaspora의 체험 끝에 몽돌로 안착하기까지 떠돎의 이력이자 시련의 시간을 수행의 시간으로 전환해서 담담한 해탈에 이른 수행기다.

누구나 삶에는 곡절이 있는 법이다. 순댓국밥집 마당의 다리 부러진 평상 한 귀퉁이를 떠받치고 있는 저 몽돌의 닳고 닳음에도 사연이 있다. 시인은 그 사연을 들려준다.

거센 물살에 떠밀려 치고받히며 만신창이로 구르고 구르다가

하나의 돌은 만신창이로 구르고 구르다가 여기까지 흘러온

다. 변전과 유동은 어쩌면 삶의 본질이다. 우리는 흘러온 삶들이다. 당신이 지금, 여기 서 있는 자리를 삶의 최저라고 할 수 있는 바닥이라 생각한다면 당신은 돌이다. 돌은 온몸으로 절벽 꼭대기의 정상에서 바닥까지 굴러오며 떠밀리고 치고 받히며 만신창이가 된 채 떠밀려온 삶을 증언한다. 이 돌에 늘 '적자뿐인 손익계산서'를 쓰는 시인의 이력을 겹쳐보면, 이 시가 삶의 비루함을 깔고 앉아 있는 장삼이사들의 새로울 것도 없는 이야기를 담고 있음을 눈치챌 수 있다.

　결국 지상으로 돌아온 나는 생(生)의 반(半)을 외곽도로 공사현장에서 보냈는데 날마다 삽을 쥐고 그 적자뿐인 손익계산서를 쓸 때, 가끔 시커멓게 몰려가는 먹구름 사이 손바닥만하게 열린 하늘 안쪽에서 누군가 벌겋게 달궈진 부젓가락을 휘두르며 큰소리로 심하게 다투는 소리를 들었다

　－「다국적 구름공장 안을 엿보다」 중에서

　「간발의 차이」는 「머나먼 돌멩이」의 다른 버전이다. 한쪽 다리를 잃고 정상에서 더 이상 내려갈 곳 없는 바닥까지 내려간 사람의 곡절을 풀어놓은 「간발의 차이」는 「머나먼 돌멩이」

와 다르면서도 같은 시다.

정상에서 더 이상 내려갈 곳 없는 바닥까지
삶과 죽음에 양다리 걸치고 사는 그는 이제 살아서 죽어서
가보지 않은 곳이 없다
　－「간발의 차이」 중에서

절벽 꼭대기에 있던 '날 선 돌멩이'가 까마득한 허공 아래
로 떨어진다. 그 순간부터 돌은 생존을 위한 투쟁으로 밀려나
간다. '여기서부터 다시 멀고 험하다네'라는 시구는 그 투쟁의
험난함에 대해 말한다.

흘러가는 뭉게구름이라도 한번 베어보겠다는 듯이 깎아지른
절벽 꼭대기에서
수수억 년 벼르고 벼르던 예각의
날 선 돌멩이 하나가 한순간, 새카만 계곡 아래 흐르는 물속
으로 투신하는 걸 보았네

여기서부터 다시 멀고 험하다네

「간발의 차이」에서 이 돌은 공사장을 떠도는 일용 노동자로 바뀌었을 뿐이다.

밤낮으로 전국 공사장을 떠돌던 그가 피곤한 발목 하나를 터
널 굴착 현장에 빠뜨려 잃어버렸다.
사는 게 무슨 쇼트트랙 경기라고, 쓰러질 듯
쓰러질 듯 아슬하게 원심력을 견디며 뺑뺑이 돌다가 작두날
같은 생의 결승선에
그렇게 다급하게 한 발을 쓰윽 밀어 넣었나
　－「간발의 차이」 중에서

시는 핏빛 어두운 그 추락의 체험을 증언한다. 이런 투신/
추락들은 밖에서 볼 때 대개는 개별자의 부주의라는 형식을
갖지만, 그 실상은 윤리와 정의를 결락한 사회의 공모에 의해
일어난 '이지메' 현상에 가깝다. '이지메'는 가난한 자를 더 지
독한 가난에 가두는 사회적 폭력을 말한다. 시는 '이지메'를
당한 자가 내려선 마지막 자리는 삶의 '극지'이자 '칼날 정상'
임을 말한다.

잘린 신경 끝에 욱신거리는 미열의 불을 켜고 보면

곳곳이 수렁이고 함정이었던 바로 사십 센티 아래가 이제 가
닿을 수 없는 미지의 땅인데

남은 한 발로 그 미지의 땅을 딛고 서면 더 이상 내디딜 발이
없는 여기가 극지이다

그러니까 여기는 외발로만 설 수 있는 칼날 정상이다

－「간발의 차이」 중에서

돌은 경성의 사물이자 동시에 타자성의 심연을 감춘 존재
다. 하찮은 돌에도 다 혼령이 있는 법이다. 그러니 돌을 일용
노동자이거나 떠돌이, 즉 사회적 약자에 대한 존재론적 기호
로 읽어도 무방할 것이다. 이 세상에는 두 부류의 사람이 있
다. 재산이 계속 불어나는 사람과 아무리 일해도 가난의 굴레
를 벗어날 수 없는 사람. 후자에 속한 사람은 삶의 극지에서
칼날 정상에 버티고 서기 위해 마모되어간다. 청년들을 비정
규직으로 내몰고, 88만원 세대를 양산해내는 사회는 좋은 사
회가 아니다. 나쁜 사회는 사회적 약자를 억누르고 일그러뜨
리고 부순다.

그저 죽은 나무에나 하찮은 돌에도 다 혼령이 있어 종내는 우리도 모두 다 귀신이 된다고 믿으며 그저 귀신들 속에 사람이 살고 사람들 속에 귀신이 깃들여 사는 것이니

– 「우리집 식구 중에는 귀신이 더 많다」 중에서

나는 "사람이 그 격을 갖출 때에는 동물 중에서 가장 뛰어난 존재이지만, 법과 정의에서 배제된다면 가장 나쁜 동물로 떨어지고 만다"라는 아리스토텔레스^{Aristoteles}의 말을 떠올린다. "나쁜 동물"들에 둘러싸인 우리 주변에서 얼마나 많은 사회적 약자들이 저 바닥으로 떨어지고 있는가!『밥그릇 경전』에 국한하자면, 이덕규의 시들은 극한의 처지로 내몰린 사회적 약자의 절규를 시적 전언으로 담지만, 그 약자들이 부도덕하고 참혹한 "나쁜 동물"들의 폭력에 맞서 싸우는 모습은 보여주지 않는다.

읍내 개울 옆 순댓국밥집 마당에서
다리 부러진 평상 한 귀퉁이를 다소곳이 떠받들고 앉아 있는
닳고 닳은 몽돌까지

그래서 '몽돌'의 발견은 놀랍지만, 한편으로 그 다소곳함이 세상의 모든 악덕과 폭력에 대한 순응으로 비쳐져 아쉽기도 하다.

✎___ 이덕규는 1961년 경기도 화성에서 태어났다. 1998년 『현대시학』을 통해 등단한 그는 시집 『다국적 구름공장 안을 엿보다』, 『밥그릇 경전』을 냈고 〈현대시학상〉과 〈시작문학상〉을 수상했다. 농촌에서 나고 자랐으니 그의 시적 상상력이 농업 노동과 그 현장인 논밭에서 잉태되는 것은 이상한 일이 아니다. 그 상상력에 '저승법보다 무서운 밥!'을 제 입으로 들이는 일에 상관된 윤리에 대한 궁리와 능청 떨기가 덧보태 비벼지면 이덕규표 시의 개성이 만들어진다.

오죽하면 사잣밥을 목에 매달고 다니면서 밥 버는 사람들이 있겠느냐

저승법보다 무서운 밥!

– 「한판 밥을 놀다」 중에서

사람이 밥을 먹는 게 아니라 밥이 사람을 먹는다. 밥의 주

식^{主食}이 사람이라는 통찰은 그의 단단한 체험에 잇대어 있다.

　　사지를 흔들어대는 허기진 밥의 주식^{主食}은 그러니까 오래전
부터 사람이다
　　결국 사람은 모두 밥에게 먹힌다
　　인정사정 봐주지 않는 빈 밥통의 떨림
　　－「뚝딱, 한 그릇의 밥을 죽이다」 중에서

　　시집 『밥그릇 경전』 속에서 윤리라는 뼈를 농업 노동의 풍
부한 실감이라는 살이 감싸고 있는데, 그것은 쇠퇴하고 저물
어가는 농업경제학의 토대 위에서 굳건하다. 초년 시절 그는
밥을 구하느라 적잖이 고생한 모양이다. 그의 시에 따르면 생
의 반을 외곽도로 공사현장에서 보낸 그는 지금 고향에 안착
하여 땅을 일구고 시의 영지를 일구는 농사꾼/시인으로 산다.
그의 시에서는 근육의 힘이 느껴지는데, 그 근육은 '삽질 가래
질 쟁기질 써레질 호미질 낫질' 따위의 온갖 '질'로 단단하게
다져진 근육이다.

　　삽질 가래질 쟁기질 써레질

호미질 낫질로 일구어낸 만평 푸른

보리밭 물결이 보이고 휘영청

달빛 젖은 이랑 사이로

검은 두 그림자 무너지는 게 보이고

　－「연애질」 중에서

땅에 기대어 사는 사람답게 그 성정은 우직하고 정직하다.

사람이 무너져봤댔자 겨우 이 미터도 안 된다 제 키만큼만

무너지면 죽음이다

　－「간발의 차이」 중에서

그 우직함이 통찰력의 바탕이 될 때 이처럼 놀라운 시구가
나온다. 지금 그는 경기도 화성에서 농사를 짓는 한편, 그와
'탯자리'가 같은 노작 홍사용문학관의 관장으로 일하고 있다.

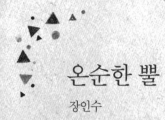

온순한 뿔

장인수

시골집에는

짐승이 뛰놀던 터가 있다

평상平床에 누워 있으면

살살 발가락을 핥아대던 짐승

초등학교 때 염소를 쳤다

다섯 마리가 불어서

삼십 마리가 넘은 적이 있다

등교할 때 냇둑에 풀어놓았다

느닷없이 소나기가 퍼부은 날

우루루 학교로 몰려와

긴 복도에서 서성거렸다

비 그치고 내가 앞장을 서니까

염소들이 새까맣게 하교를 했다

염소는 수염이 멋있었다

암컷도 살짝 수염이 나 있었다

사실 염소는 새까맣고

주둥이는 툭 튀어나왔고

울음은 경운기처럼 털털거리고

아무거나 먹어치우고

두엄에도 잘 올라가는 천방지축이었다

얼룩을 좋아하고

뿔도 삐뚤어졌고

농작물도 닥치는 대로 뜯어먹고

신발 끝도 씹어 먹으며

나쁜 짓을 골라서 하는 골목대장이었다

하지만 먼 곳의 소리에 귀 기울이고

높은 바위를 잘 타며

구름 속 비 냄새를 맡을 줄도 알고

꽃도 열심히 따 먹고

가시 달린 찔레순도 찔리지 않고 잘 씹어 먹었다

무엇보다도 눈썹이 길어

눈가에 하늘거리는 멋진 그늘을 가졌고

뿔은 온순한 고집이었다

염소도 식구였는데

지금은 터만 남아 있다

『온순한 뿔』, 황금알, 2009.

「온순한 뿔」은 동화 같은 이야기가 담겨 있는 시다. 소나기가 오니까 당황한 염소들은 제 동무이자 주인이 있는 학교로 몰려와 긴 복도에서 서성거린다. 소년은 하교 때 이 검은 염소들을 몰고 돌아온다. 새까만 염소들을 몰고 하교하는 소년 장인수를 떠올리자 순간 가슴이 먹먹해진다. 초등학생 장인수는 시골에서 자란 아이들이 그렇듯 흑염소를 키운 경험을 갖고 있다. 그의 시에서 흑염소의 생태^{生態}가 발랄하게 그려진 것은 그 때문이다.

흑염소를 몰고 냇길을 돌아 등교했으며 흑염소와 함께 하교를 했다. 흑염소와 매일 뿔싸움을 했다. 눈을 부라리고 팽팽하게 사력을 다하며 콧숨을 퍽퍽 내쉬는 뿔 맛이 기가 막혔다. 흑염소의 작은 뿔이 내 허벅지를 찔렀을 때 내 혈관에서 날카로운 울음이 터졌다. 흑염소는 멀리 도망가서 안쓰럽게 나를 바라보았다. 착한 짐승이었다.

– '시작 노트' 중에서

이 흑염소들은 천방지축이고, 뿔도 삐뚤어졌고, 나쁜 짓을 골라서 하는 골목대장들이다. 이 흑염소의 성정은 들에서 건

강하게 잘 자란 시골 소년들하고 다를 바가 없다. 흑염소들이
보여주는 천방지축이 곧 소년 장인수의 행각들이다.

　　두엄에도 잘 올라가는 천방지축이었다
　　얼룩을 좋아하고
　　뿔도 삐뚤어졌고
　　농작물도 닥치는 대로 뜯어먹고
　　신발 끝도 씹어 먹으며
　　나쁜 짓을 골라서 하는 골목대장이었다

흑염소들이 늘 철부지인 것만은 아니다.

　　하지만 먼 곳의 소리에 귀 기울이고
　　높은 바위를 잘 타며
　　구름 속 비 냄새를 맡을 줄도 알고

들의 권태, 강물의 고독, 논둑과 밭둑의 슬픔을 고스란히 받
아들여 제 피의 일부로 용해시킨 자들은 타인의 자아에서 나
오는 소리를 경청한다. 니체는 타인의 자아에 귀를 기울이는

것이 '진실한 독서'라고 말한다. 자연에 방임되어 무한 자유를 누린 아이들은 영혼에 심연을 품는다. 어린 영혼의 입구로 자연은 쏟아져 들어오고, 그 자연이 소년의 척추가 되고 늑골이 되고 허파가 되는 것이다. 높은 바위를 자유자재로 오르내리는 기예와 구름 속의 비 냄새를 맡는 지혜를 취득한 것은 자연이 주는 보상이다. 이들의 활력과 자연스러운 품위는 콘크리트 구조물 속에서 영혼이 국화빵처럼 만들어지는 '아파트 키드'들은 언감생심 꿈도 꿀 수 없다. 그들은 높은 바위를 탈 줄도 모르고 구름 속 비 냄새도 도무지 맡을 줄 모른다.

무엇보다도 눈썹이 길어
눈가에 하늘거리는 멋진 그늘을 가졌고

흑염소는 긴 눈썹을 가졌다. 그 긴 눈썹 때문에 눈가에 하늘거리는 멋진 그늘이 드리워진다. 이 흑염소들은 도무지 인의예지仁義禮智 따위는 모른다. 온몸이 인이고, 의고, 예고, 지이니 따로 그걸 배우고 익힐 까닭이 없다. 흑염소들이 온몸에 두른 검정 색깔은 흑암과 같은 무지無知의 표상이고, 이 무지는 곧 순수의 결정체다! 사악한 부나 권력 따위와는 무관한 천진한 현자 흑염소들! 들은 총림^{叢林}이고, 흑염소들은 그 총림의 학인들이니 어찌 여기서 뛰놀면 현자가 되지 않겠는가! 무엇보다도 흑염소들은 나쁜 교육의 폐해를 입지 않았다. 산과 들은 이익과 배타적 권력을 구하기보다는 단순한 정신을 배양하기에 좋은 전통이 유구한 명문교들이다. 흑염소들은 그 명문학교에서 야성과 천진에 대한 공부를 철저하게 했으니 제 출신교의 명예를 실추시키는 타락과 자기기만 따위는 저지르지 않는다.

이 초식동물 이마에 돋은 뿔은 살상 병기가 아니다. 그 뿔은 평화와 위엄, 하고자 함이라는 신성한 가치의 상징이다. 장인수의 이마에도 '온순한 뿔'이 돋아 있다. 뿔이 있으니 들이받는 것은 핏속에 내장된 차가운 본성이다. 흑염소들의 기막힌 뿔 맛을 아는 드문 시인이니, 초롱초롱한 눈동자에 깃든 그 장난기, 그 천방지축의 기예, 그 천진한 지혜는 들판 학교 동문인 검은 염소들에게서 배운 게 분명하다. 시인은 염소의 벗이고, 염소와 같은 부류인 착한 짐승이다. 세상의 요철과 부침을 핥고, 비밀스러운 것들과 스스로 충만한 것들을 핥는 혀를 가졌다.

하늘과 대지 사이에는 봄마다 흙의 각질을 뚫고 튀어나오는
혀가 있다

—「봄에는 구멍이 많아진다」 중에서

이 혀는 사방팔방에서 기어 나온다. 마당 가장자리를 핥는
노을의 붉은 혀, 지구의 고독한 골목을 핥는 달의 혀, 신열로
들끓는 저녁 천수만의 혓바닥, 타이어를 정신없이 핥는 아스
팔트의 혀, 해안선을 끊임없이 핥는 망망대'혀'.

노을의 붉은 혀는

조용히 마당의 테두리를 핥고 있었다

—「어느 짐승의 시간」 중에서

지구의 고독한 골목을 핥으며

골목의 가랑이를 벌리며

누구 오줌발이 더 센가 내기를 하면서

취기에 흥얼거리는 달

—「후미」 중에서

저녁 천수만의 혓바닥은 신열로 들끓는다, 울부짖는다
물어뜯는다, 쥐어짠다, 와르르 쓸어 넣는다, 쏼쏼 넘친다
흘러내린다, 폭발이다

– 「오리 떼의 비상」 중에서

아스팔트의 긴 혀는 타이어를 정신없이 핥습니다
빗방울은 혀의 유두가 됩니다

– 「혀」 중에서

벌렸다가 닫히기를 반복하는 수평선의 설근舌根
해안선을 끊임없이 핥으며 열람하는
망망대혀!

– 「망망대혀」 중에서

이 혀는 세계를 맛보려는 천진한 야성의 혀다. 말하는 혀,
울부짖는 혀, 칼이 되어 세상을 베는 혀, 애정행각에 여념 없
는 혀들! 우리는 어찌 저마다 혀가 아니랴.

칼보다 날카로운 혀가 어디 있을까

사과 깎을 때

즙으로 날을 벼리는 혀

(중략)

혀를 깨물어 혈서를 쓰는 칼날

  – 「칼」 중에서

술을 마시면 혀 놀림도 빨라지는 법인데

(중략)

수십 마리 나비 떼가 펄럭이듯

불빛을 향한 날벌레의 춤인 듯

공중 선회를 하는 벌떼인 듯

흩날리는 꽃잎인 듯

  – 「수화手話」 중에서

  이 혀는 대지를 핥아 열람하는 눈이며, 욕망으로 세계를 더듬는 손이고, 온갖 사물을 핥으며 상상하는 뇌다. 시인의 혀는 불순한 세상과 대거리하며 들이받는 초식동물의 '온순한 뿔'이다. 시인은 그 뿔로 세상을 천방지축으로 들이받다가 지치면 울음 곳간 한 채를 짓는다.

따다다다다다 따발총을 쏘는 아내의 수다도

입 닥치라는 아내의 수다도

사실은 제 몸에 울음 곳간이 있기 때문이다

―「울음 곳간」 중에서

재주를 가졌어도 자랑하지 않아 도리어 서툰 듯 보인다는 대교약졸大巧若拙의 의미를 어느덧 눈치채버린 이 불혹의 젊은 시인에게 어느 날 술 한잔 사주고 싶다.

✎＿＿ 장인수는 1968년 충북 진천에서 태어났다. 그는 농부의 2남 1녀 중 차남으로 태어났다. 3년 내내 자전거를 타고 30여 리 길을 통학하며 시골 중학교를 마쳤다. 어린 시절부터 군내 백일장에 나가 곧잘 상을 받아오곤 하던 소년이었다. 청주의 세광고등학교를 거쳐 고려대학교 사범대학 국어교육과에 들어갔는데, 당시 분위기에 휩쓸려 시위대에 끼어 혜화동, 동대문, 종로, 명동, 신촌 일대를 구호를 외치며 돌아다녔다. 이 시위 경력으로 군에 입대한 뒤 기무사의 집요한 뒷조사를 다섯 번이나 받고, 대민 봉사 활동에도 제외되곤 했다. 대학 다닐 때 강원도로 무전여행을 떠나 6박 7일간 노숙을 하며

걸었던 시인은 제대하고 복학한 뒤에 중앙도서관에 있는 시집들을 몽땅 읽어 치웠다. 그리고 시를 써서 신춘문예 다섯 곳에 투고했는데 모두 떨어졌다. 고문古文에 빠져 전통문화연구회에 나가 『논어』, 『맹자』, 『중용』, 『대학』, 『고문진보』 등을 열일곱 달 동안 하루도 빠지지 않고 익혔다. 대학을 마친 뒤 충남 당진에 있는 호서고등학교에 발령을 받아 교사 생활을 시작했다.

2003년도 시 전문지 『시인세계』에 시가 당선되어 문단에 나오고, 『유리창』, 『온순한 뿔』, 『벌거벗은 울타리』 등의 시집을 냈다. 그 등단작들이 인상적이어서 마음에 시인의 이름을 새겼다. 장인수 시인의 상상력을 추동하는 두 축은 암흑을 뚫어져라 바라보며 키운 야성과 천진이다.

충북 진천 초평 자갈밭에 누워 미행하듯
겹겹 무량無量한 암흑을 뚫어져라 바라본다
-「암흑」 중에서

그의 시에는 꾸밈이 없다. 그의 상상력은 빗방울과 바람과

180

우주 사이를 매임 없이 경쾌하게 '폴짝' 뛰고, 건강한 관능과 생식을 향해 천방지축으로 달린다. 그게 그의 시가 가진 깊이 이자 매력이다.

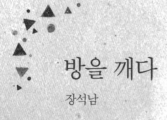

방을 깨다

장석남

날이 맑다
어떤 맑음은
비참을 낳는다

나의 비참은
방을 깨놓고 그 참담을 바라보는 데 있는 것이 아니라
그 광경이, 무엇인가에 비유되려 한다고 생각하는 순간 몰려
온 것이다
　너무 많은 얼굴과 너무 많은 청춘과 너무 많은 정치와 너무
많은 거리가 폭우처럼 쏟아져 들어오는 것이다
　무엇보다도 밝게 밝게 나의 모습이, 속물근성이, 흙탕물이
맑은 골짜기를 쏟아져 나오듯

그러고도

나의 비참은 또 다른 지하 방을 수리하기 위해 벽을 부수고
썩은 바닥을 깨쳐 들추고 터진 하수도와 막창처럼 드러난 보일
러 비닐 엑셀 선의 광경과 유래를 알 수 없는 얼룩들과 악취들
이 아니고

해머를 잠시 놓고 앉은 아득한 순간 찾아왔던 것이다

그 참담이 한꺼번에 고요히 낡은 깨달음의 화두話頭가 되려
한다는, 사랑도, 꿈도, 섹스도, 온갖 소문과 모함과 죽음, 저주
까지도 너무 쉽게, 무엇보다 나의 거창한 무지無知까지도 너무
쉽게 깨달음이 되려 한다는 것이다 나의 비참은,

나의 두 다리는 아프고
어깨는 무너진다

방바닥을 깨고 모든
견고^{堅固}를 깨야 한다는 예술 수업의 이론이 이미 낡았다는
시간의 황홀을 맛보는
비참이 있었다

아직도 먼 봄, 이미 아프다
나의 방은 그 봄을 닮았다
나의 비참은 그토록 황홀하다

『미소는, 어디로 가시려는가』, 문학과지성사, 2005.

「방을 깨다」는 사유를 자극하는 시다. 시인은 방을 깬다. 해머로 벽을 부수고 썩은 바닥을 깨쳐 들추고 오랫동안 견고함 아래에 숨어 있던 실상을 만천하에 드러낸다.

나의 비참은 또 다른 지하 방을 수리하기 위해 벽을 부수고 썩은 바닥을 깨쳐 들추고 터진 하수도와 막창처럼 드러난 보일러 비닐 엑셀 선의 광경과 유래를 알 수 없는 얼룩들과 악취들이 아니고

시인이 방을 깨고 마주친 것은 참담함이다. 그 참담함은 깨진 방의 어수선한 광경들이 무엇인가에 비유되려 한다고 생각하는 순간 몰려온다. '방을 깨다'라는 행위와 비참에 대한 은유의 관능으로 이 시는 제법 풍요롭다.

나의 비참은
방을 깨놓고 그 참담을 바라보는 데 있는 것이 아니라
그 광경이, 무엇인가에 비유되려 한다고 생각하는 순간 몰려온 것이다

방을 보존하고 머무는 자는 방을 대지 삼아 경작하는 자다. 대지를 경작함으로써 대지에 귀속되는 농경 정착민과 마찬가지로 방을 경작하는 자들은 방에 귀속되어 살아간다. 정착민들은 국가, 민족, 국토의 일부로 스스로를 영토화하지만 방을 깨는 자들은 방이라는 영토에서 달아나는 자다. 그들은 도주의 선을 타고 바깥으로 달아난다. 달아남으로써 스스로를 탈영토화하는 것이다. 혈통, 가족, 집을 버리고 대지를 떠도는 이들은 유목민, 이방인, 수행자, 도둑, 음유시인들이다. 방을 깨는 자들만이 기어코 새로운 방을 만든다. 파괴/생성은 한 몸이다. 파괴하지 않는 자는 만들지도 않는다. 「방을 깨다」는 방을 깨는 공간적 사태를 지각적 사태의 은유로 바꾸며 나아가는 마음의 자취를 보여준다.

　방은 은밀한 사생활의 공간이다. 자아의 거처, 영혼이 머무는 시공간이며, 사적 체험, 몽상, 기질, 취향이 길러지고 드러나는 곳이 방이다. 영혼은 볼 수 없지만 그 사람이 사는 방을 보면 주인의 영혼이 보인다. 개인의 방은 오로지 자아를 위한, 자아만의 공간, 자아가 독점적인 영유권을 주장하는, 타자의 권력이 미치지 못하는 신성불가침의 구역이다. 그런 까닭에 방은 타자의 도덕과 윤리학이 틈입하지 못하는 개인의 도덕과 윤리학이 꽃피는 공간이다. 장 폴 사르트르Jean Paul Sartre는 이렇게 말한다. "인간은 자기 자신이 아닌 다른 입법자를 갖지 않는다." 자기 삶의 입법자는 자기일 수밖에 없듯 방의 거주자는 곧 방의 입법자다. 방은 몸으로 채워진 공간이다. 노동이 아니라 휴식과 재충전의 공간이다. 시인이 깬 것은 아집에 빠진 마음이라는 감옥이고, 거짓된 자아라는 방이다. 방을 깬 뒤 비참과 만나는 것은 그런 까닭에서다.

방을 깨는 행위는 그 방에 안주하지 않겠다는 것이며, 그 방에서 이루어지는 실존을 바꾸겠다는 뜻이다. 방은 나라고 확신하는 자아상, 혹은 한 소식을 들은 선사禪師와 같이 내가 도달했다고 믿은 어떤 진경, 만법유식萬法唯識의 표상이다. 이 시의 화자는 그걸 깨달음이라고 생각했는데, 깨달음이라고 한 순간 그것은 깨달음이 아니다. 그것은 일종의 환몽이다. 방을 깨고 난 뒤 만난 것은 비참이다. '비참'의 내용들은 무엇인가? 방을 깨자 하수도와 막창처럼 드러난 보일러 비닐 엑셀 선의 광경과 유래를 알 수 없는 얼룩들과 악취들은 비참의 진짜 실상이 아니다. 이것들은 비참의 표층일 뿐 진정한 비참의 내용들이 아니다. 진짜 비참은 나중에 인식으로, 깨달음으로 온다.

해머를 잠시 놓고 앉은 아득한 순간 찾아왔던 것은 무엇인가. 방을 깨자 그 두터운 바닥 아래에 있던 것들이, 흙탕물이 맑은 골짜기로 쏟아져 나오듯 나온다.

너무 많은 얼굴과 너무 많은 청춘과 너무 많은 정치와 너무 많은 거리가 폭우처럼 쏟아져 들어오는 것이다

무엇보다도 밝게 밝게 나의 모습이, 속물근성이, 흙탕물이 맑은 골짜기를 쏟아져 나오듯

방을 깨던 해머를 잠시 내려놓은 그 휴식의 순간 비참의 심층이 나를 홀연 덮쳐온 것이다. 번개와 같이 한 깨달음이 인식의 지평을 꿰뚫고 지나가는 이 찰나는 어떤 순간일까? 니체는 "보라, 나는 항상 스스로를 극복해야 하는 존재다"라고 말한다. 바로 그 순간, 스스로를 극복해야 하는 존재라고 깨닫는 순간이 아닐까? 다시 니체는 말한다. "창조하는 자들이여, 너희들의 삶에는 쓰디쓴 죽음이 무수히 많아야 한다." 무수히 많은 죽음을 거친 뒤에야 새로운 탄생이 있다. 시인이 방을 깬

뒤에 사랑, 꿈, 섹스, 소문, 모함, 죽음, 저주 따위는 물론이고 거대한 무지까지도 깨달음이라고 주장하는 파렴치한 상황, 그 것이 비참의 심층이다. 아무 깨달음도 없이 깨달음의 연기만 을 하고 있다는 자각은 부끄러움을 불러온다. 방을 깨고 보니, 그동안 화두를 붙잡고 있는 시늉만 하고 있었던 것. 자신의 흙 탕물과 속물근성에 대한 반성은 통렬하다.

씨앗과 싹들이 땅거죽을 깨고 밖으로 밀려 나오고, 나무의 잎눈들은 나뭇가지를 찢고 한사코 밖으로 잎눈을 내미는 봄 이다. 숨어 있던 것들이 깨고 찢고 밖으로 밀려 나온다는 점에 서 봄과 방을 깨는 것은 하나의 은유적 맥락에서 만난다. 안다 는 것이야말로 무지의 발로이고, 올바르다는 확신이야말로 그 릇됨이고, 깨달았다는 생각이야말로 몽매함이다. 시인은 얼룩 과 악취로 범벅이 된 방을 깨고 난 뒤 비로소 깨달음을 얻는 다. 마음을 보려는 자들은 마음을 깨라. 방을 깼으니, 새 방을 들이거나 해야 한다. 시인의 마음은 이미 깨버린 방과 돌아가 몸을 눕혀야 할 저 먼 곳 새 방 사이에서 서성인다. 있던 방은 깨버렸으나 있어야 할 방은 아직 멀리 있다. 시인이 흠모하고 들고자 하는 방은 쾌적한 정신의 거처, 대오^{大悟}와 견성^{見性}이 머물 만한 방이다. 꾸밈이 없는 무위자연無爲自然과 갓난아기로 되돌아간 사람, 일자무식인 육조六祖 혜능慧能만이 새 방을 가질 만한 사람이다. 묵은 방과 새 방 사이에서 시인이 하는 것은 딴청과 시늉이다. 시인은 딴청과 시늉을 하며 더러는 시 몇 편도 남길 것이다.

> 국유國有 하천河川 부지 위의
>
> 나의 방
>
> 반지하半地下의 눅눅한 방에서 옮겨갈
>
> 쾌적한 정신의 거처
>
> ―「창窓을 내면 적敵이 나타난다」 중에서

🖊 ___ 장석남은 1965년 인천에서 배를 타고 들어가는 덕적도에서 나고 자란 사람이다. 언제 그이를 처음 보았을까. 1990년 언저리였을 것이다. 그이가 서울 동숭동에 있던 열음사 편집부에 앉아 있던 시절이다. 키가 크고 훤칠한 미남자였다. 그이를 보는 순간 이상하게도 그 맑은 눈동자에서 나는 외딴집 냄새, 방랑의 기질, 늦둥이 송아지 맑은 눈동자에 떠오른 낮달을 엿보았다.

구름 지나는 그림자에

귀 먹먹해지는 어느 겨울날 오후

혼자 매인

늦둥이 송아지 눈매에 얹힌

낮달처럼

　 ─「돌멩이들」 중에서

　그이가 영화감독과 어울린다는 소문이 들리고, 성철 스님
의 일대기를 그린 영화 주인공으로 발탁되었다는 소문도 잇
달았다. 어느 날인가는 텔레비전의 한 드라마에 얼굴을 내밀
기도 했다. 그이의 방랑 기질 때문이려니, 했다. 양평 시골에
집을 짓고 들어앉아 가야금을 뜯거나 돌에다 문자를 새기고,
눈 쌓인 밤에는 쌓인 눈의 무게를 이기지 못한 소나무의 여린
가지들이 뚝, 뚝 제 관절을 부러뜨리는 소리나 듣고 있다는 소
식도 바람에 실려 왔다. 그게 다 그이의 눈동자에 들어 있던
외딴집 냄새려니, 했다.

　장석남의 시들은 약하고 여리고 가는 것들로 채워져 있다.
금세 마르는 눈물, 고양이 눈같이 새파란 달, 썰물과 모래톱,

뒹구는 돌멩이, 짧게 들리다 마는 새소리, 국화꽃 그늘, 살구
나무들이 뿌리를 가지런히 하는 소리, 해살거리다 곧 사라지
는 봄빛, 잔광, 아지랑이, 빗소리, 꽃진 자리, 뱃고동 소리, 멧
새가 앉았다 날아간 나뭇가지……. 그래서 장석남의 시는 노
래가 아니라 속삭임이요, 영원한 단조음이고, 한숨이다.

새로 모종한 들깨처럼 풀 없이 흔들리는
외로운 삶
－「자화상」 중에서

장석남은 외로운 삶을 사랑하는 시인이다. 어쩔 수 없는 그
이의 기질이다. 나는 장석남의 시집 중에서 『젖은 눈』을 가장
좋아한다. 고요하고 여린 것들로 향하는 그이의 기질과 취향,
마음과 그 자취가 이 시집에 고스란히 들어 있다.

이 세상에
살구꽃이 피었다가 졌다고 쓰고
복숭아꽃이 피었다가 졌다고 쓰고
꽃이 만들던 그 섭섭한 그늘 자리엔

야윈 햇살이 들다가 만다고 쓰고

－「꽃이 졌다는 편지」 중에서

그는 시집 『지금은 간신히 아무도 그립지 않을 무렵』, 『미소
는, 어디로 가시려는가』, 『고요는 도망가지 말아라』 등과 산문
집 『물 긷는 소리』를 내고, 〈김수영문학상〉, 〈현대문학상〉, 〈미
당문학상〉을 수상했다.

우리는 청춘을 전송하며 젊음과도 결별하는데,
그 순간 청춘의 이름으로 얻은 모든 면책 특권을 잃는다.

두부

이영광

두부는 희고 무르고
모가 나 있다
두부가 되기 위해서도
칼날을 배로 가르고 나와야 한다

아무것도 깰 줄 모르는
두부로 살기 위해서도
열두 모서리,
여덟 뿔이 필요하다

이기기 위해,

깨지지 않기 위해 사납게 모 나는 두부도 있고

이기지 않으려고,

눈물을 보이지 않으려고 모질게

모 나는 두부도 있다

두부같이 무른 나도

두부처럼 날카롭게 각 잡고

턱밑까지 넥타이를 졸라매고

어제 그놈을 또 만나러 간다

『나무는 간다』, 창비, 2013.

두부를 아시는가? 찬바람 일고 서리 내리는 늦가을 팔팔 끓는 청국장 안에 든 허옇고 슴슴한 두부의 맛을 아시는가? 두부는 희고 무르다. 세계의 견고성과 견줘볼 때 그것은 아주 가느다란 분류(奔流)의 임시적 고형물에 지나지 않는다. 두부는 식물적인 것의 정수(精髓)로 이 세상에서 가장 약한 것에 속한다. 도약과 생성을 그친 채 한낱 식물적인 것의 응결에 지나지 않는 두부가 각을 잡고 있다. 각은 위세의 표현인데 아무 힘도 없는 두부가 각을 잡고 있으니, 그 허세가 헛웃음을 유발한다.

두부가 되기 위해서도

칼날을 배로 가르고 나와야 한다

서민들의 밥상에도 쉽게 올라오는 두부지만 질긴 가죽도 없고, 단단한 뼈도 없이 흐물흐물한 두부를 노래하는 시는 드물다. 두부를 노래하는 시가 드물기에 이 시는 이색적이다. 두부는 각을 잡고 모가 나 있지만, 속이 무르고 한없이 나약하다. 외부에서 오는 작은 충격에도 쉽게 각이 허물어지고, 여지없이 형체가 으스러진다. 두부는 드잡이의 세상에서 가장 나약하고, 아무 저항 없이 속수무책으로 포식자에게 먹히는 피식자다. 시인은 두부가 되려면 칼날을 배로 가르고 나와야 한다고 선언한다. 그 존재성이 아무리 미미한 것이라 할지라도 본래적인 자기가 되기 위한 엄숙한 의례가 있어야 함을 날카롭게 지적하는 것이다.

무언가로 태어나기만 어려운 것이 아니다. 액체는 아니되 액체에 가까울 정도로 흐물흐물한 두부로 살려면 필요한 것이 있다.

아무것도 깰 줄 모르는
두부로 살기 위해서도
열두 모서리,
여덟 뿔이 필요하다

으르렁거리며 싸우고 뺏고 빼앗기는 세계에서 이 한없이 나약한 것이 내세우는 열두 모서리와 여덟 뿔이란 게 다 무언가. 그것은 아마도 희고 무른 두부의 자아에게 씌인 관冠이요, 두부 됨의 영명함을 드높이는 깃대이겠지만, 조금이라도 분별이 있는 자의 눈에는 턱없는 오만이요, 허풍에 지나지 않는다.

아무것도 깰 줄 모르는 두부란 그만큼 나약하고 존재감이 없다는 뜻이다. 아무것도 아닌 두부조차 두부로 살려면 제가 가진 열두 모서리와 여덟 뿔을 내세워야 한다는 것은 이 사회가 그만큼 살아내기 힘든 무한 경쟁 사회라는 암시를 담는다.

우리 모두는 이 각지고 모난 세계 속에서 깨지기 쉬운 두부라는 유령으로 살아온 것은 아닐까? 모든 것을 먹어치우고, 소화하고, 배설하는 세계 속에서 우리는 먹히지 않으려고, 깨지지 않으려고 한사코 모난 두부였었나? 무수히 계속되는 패배와 굴종이 강제되는 세계 속에서 우리는 눈물을 보이지 않으려고 모질게 모난 두부였었나?

쉽게 깨지고 부서지는 두부가 모나 있는 것은 한편으로 우스꽝스럽고 한편으로 슬픈 일이다. 그것이 슬픈 것은 자기의 본질, 자기의 약함을 망각하고, 자기답지 않은 생을 추구하는 일이기 때문이다. 가장 아름다운 삶이란 자기다움에 머물며 자기다움을 탐색하는 삶이겠지만 약한 존재들에게 그것은 꿈에 지나지 않는다. 그러니 무엇이든지 찢고 물어서 삼켜버리는 동물들의 야성적 충동으로 뒤덮인 세상은 희고 무른 두부

에게조차 각을 잡고, 열두 모서리와 여덟 뿔을 내보이라고 다
그친다.

삶이 고달프니까 쇼펜하우어는 "삶이란 허무를 느끼고 미
리 전의를 상실해버린 싸움이다"라고 말했을 것이다. 하지만
이런 염세주의에 물든 철학자의 생각은 우리 시골 오일장에
더도 말고 딱 하루만 가보면 무색해진다. 이영광은 「오일장」
에서 뭘 팔고 사려고 모여든 난전에 대해 이렇게 쓴다.

뭘 팔고 사러 모여드는 장 골목에, 사는 게 대체 무언가
하는 물음 따윈 없다 살고 산다 여념이 없다
– 「오일장」 중에서

사람들은 모두가 살려고 하고, 그 의지는 장마당에 차고 넘
친다. 허무 따위는 발을 붙일 수 없고, 전의를 상실해버린 싸
움이란 있을 수 없다. 오죽하면 이렇게 말하겠는가.

악다구니와 성난 전화 목소리 드높은 길바닥,
도라지 같은 인삼에 인삼 같은 도라지를 벌여놓고

쭈그려, 냄비째 한 끼를 후룩대는

벌건 입김들이 있다

(중략)

땅거미에 젖어서도 좌판들은 전의를 불사른다

  — 「오일장」 중에서

장바닥의 풍경이란 벌건 입김들의 난전인데, 여기에 차고 넘치는 전의란 곧 살려는 의지, 죽지 않고 살아남으려는 의지이자 충동이다. 그것은 끓는 집중이고, 타는 불꽃이다. 다들 살려는 의지가 넘치는 세상은 살짝 미친 것 같다.

  턱밑까지 넥타이를 졸라매고

  어제 그놈을 또 만나러 간다

이기지 못하면 지고, 남을 깨지 못하면 내가 깨진다. 그러니 이기기 위해서나 깨지지 않기 위해 무른 두부조차 날카롭게 각을 세우고 모난 존재로 행세한다. 넥타이를 졸라매고 '어제 그놈', 자본주의 세상을 또 만나러 가는 것은 누구인가? 무른 존재이면서 두부같이 각을 잡고 세상에 맞서는 그에게 우리들

자신의 모습이 투영되어 있다. 더 비약하자. 상상계의 차원에서 두부는, 혹은 부서지기 쉬운 두부의 형태로 식물적 평화와 공존의 삶을 모색하는 사람들은 이탈리아 출신의 작가이자 연구자인 마테오 파스퀴넬리Matteo Pasquinelli의 표현을 빌리자면, 물신주의와 "디지털 소외 전반에서 자신의 본능적 힘들", 즉 예측 불가능한 야성적 충동들이 뒤에서 조종하는 금융과 에너지 위기의 유령들이 활개를 치는 전 지구적 "동물몸"들의 시대에 먹히고 사라지는 모든 약한 존재를 표상한다.

✎___ 이영광은 1965년 경북 의성에서 태어나고 안동에서 자란 시인이다. 1998년 『문예중앙』 신인문학상에 시가 당선하며 문단에 나왔다. 시집 『아픈 천국』, 『그늘과 사귀다』, 『나무는 간다』 등을 냈으며, 〈노작문학상〉과 〈미당문학상〉 등을 수상했다.

나는 모든 자폭을 옹호한다
나는 재앙이 필요하다
나는 천재지변을 기다린다
－「저녁은 모든 희망을」 중에서

그는 감히 이처럼 쓸 줄 아는 시인이다. 그의 시들은 현실을 향하여 직진한다. 모두가 이기려고만 들 때 먼저 져주고, 모두가 살려고 할 때 먼저 '자꾸 죽자'라고 노래한다.

이 생이 이렇게 간절하여 나는 살고 싶으니

자꾸 죽자 자꾸 죽자

죽기 전에

– 「오일장」 중에서

그는 삶이 품은 무력과 비애를 긍정하면서도 염세주의에 투항하기를 한사코 거부한다.

무섭고 외롭더라도

조금만 더 외로워보아

조금만 더 정신을 잃어보아

– 「깔깔대는 혼」 중에서

그는 져주지만 지지 않고, 죽지만 죽지 않는다. 그의 시에서 움직이는 것은 이 미친 세상을 내려다보고 '깔깔대는 혼'이다.

혼이 깔깔대는 것은 반역叛逆의 기운에 들려 있기 때문이다. 이를테면 나무는 붙박이 존재이지만, 나무는 간다. 나무의 본 질에 반역反逆하는 것이다. 움직일 수 없는 것이 가려면, 미쳐 야 한다. 그의 시구들에는 선배 시인 김수영이나 조태일이 보 여주었던 남성적 힘이 넘치는데, 그의 시적 사유와 상상력이 나무의 그것이되 식물적 한계에 속박되지 않는다는 증거다. 삶의 전선戰線을 뒤틀리고 솟구치며 육박하고 뒤엉키고 침투 하고 뒤섞이는 동물들의 역동적 세계로까지 넓히고 활달하게 펼쳐내는 까닭이다.

나무는 미친다 미치면서 간다 육박하고 뒤엉키고 침투하고 뒤섞이는 공중의 결승선決勝線에서, 나무는 문득, 질주를 멈추 고 아득히 정신을 잃는다 미친 나무는 푸르다 다 미친 숲은 푸 르다 나무는 나무에게로 가버렸다 나무들은 나무들에게로 가 버렸다 모두 서로에게로, 깊이깊이 사라져버렸다

— 「나무는 간다」 중에서

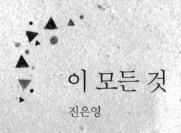

이 모든 것

진은영

비눗방울 하나가 투명한 기쁨으로 무한히 부풀어오를 것 같다
장미색 궁전이 있는 도시로 널 데려갈 수 있을 것 같다
겨울과 저녁 사이
밤색 털 달린 어지러운 입맞춤은 잊을 수 없을 것 같다
광활한 사랑의 벨벳으로 모든 걸 가릴 수 있을 것 같다
이 모든 것이 거짓말인 것 같다
배고픈 갈매기가 하늘의 마른 젖꼭지를 심하게 빨아대는 통에
물 위로 흰 이빨 자국이 날아가는 것 같다

이 도시는 똑같은 문장 하나를 영원히 받아쓰는 아이와 같다

판잣집이 젖니처럼 빠지고 붉은 달 위로 던져졌다

피와 검댕으로 얼룩진 술병이 흰 비탈에서 굴러온다

첫 시집의 변치 않는 한 줄을 마지막 시집에 넣어야 할 것 같다

청춘은 글쎄…… 가버린 것 같다

수천개의 회색 종을 달고서 부드러운 노란 날개 하나

천천히 날아오르는 것 같다

가난한 이의 목구멍에 황금이 손을 넣어 모든 걸 토하게 하

는 것 같다

초록빛 묽은 토사물 속에 구르는 별들

하느님은 가짜 교통사고 환자인 것 같다

천사들이 처방해준 약을 한 번도 먹지 않은 것 같다

푸른 캡슐을 쪼개어 알갱이를 다 쏟아버리는 것 같다

안녕, 안녕, 슬레이트 지붕의 부서진 회색 위로 눈이 내린다

내가 보았던 모든 것이 거짓말인 것 같다

달에 매달린 은빛 박쥐들의 날개가 찢어 내리는 것 같다

『훔쳐가는 노래』, 창비, 2012.

삶은 찰나와 영원 사이에서 요동친다. 실은 찰나는 현실이고 영원은 상상 속에서만 존재하는 개념에 지나지 않는다. 영원은 시간 개념이 아니라 찰나를 우주적 규모로 무한 확장하는 것이 아닐까? 시간을 무한 공간으로 바꿈으로써 영원은 찰나 속에서 오롯하다. 눈을 감고 상상하라. 우리는 상상 속에서 연속적 시간의 질서에서 벗어나 영원의 한가운데를 헤엄칠 수 있다. 영원은 찰나 속에서 나타난다. 시인만큼 영원을 잘 느끼는 부류는 없을 것이다. 시인은 상상하는 천재들이니까!

비눗방울 하나가 투명한 기쁨으로 무한히 부풀어오를 것 같다
장미색 궁전이 있는 도시로 널 데려갈 수 있을 것 같다
겨울과 저녁 사이

어제 저녁에 먹은 밥을 오늘 저녁에 다시 먹고, 어젯밤에 잔 잠을 오늘 밤에 다시 잔다. 밥과 밥 사이, 잠과 잠 사이에 삶은 있다. 삶은 밥과 잠을 포괄하며, 사이를 삼켜버린다. 그 사이들로 무한하고 불연속적인 시간이 흘러간다. 겨울과 저녁 사이일 수도 있고, 낯익음과 낯섦의 사이일 수도 있고, 이미 가버린 청춘과 앞으로 다가올 중년의 사이일 수도 있다. 사람

은 죽음과 삶의 자장磁場 사이를 건너가는 존재다.

죽음과 삶, 두 극의 자장磁場 사이에서
– 「나의 친구」 중에서

　사실을 말하자면, 삶은 무수한 사이들로 이루어진다. 그 사이들을 가르고 감싼 피부는 시간이다. 사람은 시간이라는 피부로 감싸인 존재다. 피부는 존재를 감싸는 막膜이고, 피부는 곧 첨단 자아다. 다시 말해 사람은 저마다 '피부자아'로 살아간다. '피부자아'란 프랑스의 정신분석학가인 디디에 앙지외Didier Anzieu가 『피부자아』에서 제안한 개념이다. "이것은 발달의 초기 단계에서, 아기의 자아가 신체 표면의 경험을 바탕으로 심리적 내용물들을 담아주는 자아로서 스스로를 나타내기 위해 사용하는 형상이다." 피부자아는 피부가 가진 고유의 수용성 감각을 바탕으로 하는데, 이때 자아는 심리적 방어 기제인 경계선을 만들고, 이드, 초자아, 외부 세계의 교류들을 걸러내는 이중의 기능으로 작동한다. 사람에게 세계와 물리적으로 맞닿아 있는 피부는 표면이 아니라 심층이고, 심층의 자아에 대한 환유물이다.

배고픈 갈매기가 하늘의 마른 젖꼭지를 심하게 빨아대는 통에
물 위로 흰 이빨 자국이 날아가는 것 같다

(중략)

판잣집이 젖니처럼 빠지고 붉은 달 위로 던져졌다
피와 검댕으로 얼룩진 술병이 흰 비탈에서 굴러온다

(중략)

안녕, 안녕, 슬레이트 지붕의 부서진 회색 위로 눈이 내린다

「이 모든 것」에는 시인이 보았던 세계의 모습들이 열거된
다. 여기에는 가난과 불평등이 엄연한 도시가 있다. 이 장소들
에는 이곳에 사는 사람들의 삶이 있고, 그 삶의 안쪽 깊은 곳
까지 작동하는 폭력적인 자본이 있다.

　가난한 이의 목구멍에 황금이 손을 넣어 모든 걸 토하게 하
는 것 같다

이 구절은 진부하지만, 의미는 또렷하다. 가난한 자들을 착
취하는 자본의 억압과 반도덕성을 드러내 보이려는 것 같다.
이것은 생생하지만 한편으론 믿을 수 없는 거짓말인 것 같다.

청춘은 글쎄…… 가버린 것 같다

약간 주저하면서 조심스럽게 이 구절이 나오는데, 이때 청춘은 시간에 앞선 시간이고 현재의 현재이며, 존재의 역동이고 기쁨의 솟구침이다. 청춘이란 이 생에서 누릴 수 있는 모든 지복至福을 뭉뚱그려 집약한 다른 이름이다. 그게 순식간에 가버렸다. 청춘은 그것을 잃은 뒤 의미를 반추할 때 비로소 생동한다. 청춘은 과거가 된 뒤 비로소 행복의 부스러기들을 위한 소비재가 되고 만다. 우리는 이제 기껏해야 삭막하게 'N개의 기억'을 갖고 산다.

시간이 흐르면 기억은 조작된다. 우리가 믿고 싶은 방향대로 기억은 제멋대로 각색되는 것이다. 따라서 기억에 기반하는 삶이란 것도 얼마든지 왜곡이 가능하다. 여러 가지 생각과 관념을 풀어놓은 많은 문장이 '~것 같다'로 끝나는데, 그것은 시적 자아가 의심과 확신 사이에서 흔들리고 있음을 암시한다. 분명한 것은 없고 모든 것은 애매모호한 채 의심 위로 미끄러진다. 결국은 이렇게 귀결되는 것이다.

내가 보았던 모든 것이 거짓말인 것 같다

거짓말이란 진실의 왜곡이 아니라 있어야 할 꿈을 머금지 못한 현실의 모든 것이 뒤집어쓰고 있는 공허를 말한다. 이 세계의 많은 부분은 거짓말에 의해 지탱된다. 나는 당신에게, 당신은 나에게 거짓말을 한다. 우리는 거짓말로 자신의 배를 불리고 거짓말로 서로를 부양한다. 거짓말은 항상 더 나쁜, 더 칙칙하고 어두운 삶의 전조前兆다. 거짓말이라는 누추한 그물 속에 포획된 일상들. 거짓말로 이루어진 낡고 진부한 세계. 이것에 진절머리를 치는 것은 어려운 일이 아니지만 참고 견디며 바라보는 것은 어려운 일이다.

하느님은 가짜 교통사고 환자인 것 같다

이 의심에서 시인의 유머가 흘러나온다. 가짜 교통사고 환자들은 피해 보상금을 타먹기 위해 병원에 입원한다. 병원에서 하릴없이 빈둥거리는 이 가짜 환자를 모든 것을 주재하는 하느님에 견주다니! 이 세계에 편재해 있는 가난과 불평등, 자본주의의 탐욕들은 하느님이 가짜 교통사고 환자같이 빈둥거리고 있다는 증거다. 이 누추한 삶과 거짓말의 세계를 덮으며 눈이 내린다.

달에 매달린 은빛 박쥐들의 날개가 찢어 내리는 것 같다

눈은 '달에 매달린 은빛 박쥐들의 날개'라는 은유를 얻으며 생동한다. 하느님은 가짜 환자로 빈둥거리고 눈은 내려와 이 거짓말의 세상을 덮는다. 모든 것이 거짓말 같지만, 눈 내리는 어느 겨울의 잿빛 풍경, 이것은 생생한 현실이다.

✎＿＿ 진은영은 1970년 대전에서 태어났다. 이화여자대학교 철학과를 졸업하고, 2000년 『문학과 사회』에 시를 발표하며 문단에 나왔다. 『일곱 개의 단어로 된 사전』, 『우리는 매일매일』, 『훔쳐가는 노래』 등의 시집을 냈으며, 〈김달진문학상〉과 〈현대문학상〉을 수상했다. 니체 철학을 공부하고 그것으로 박사학위를 취득한 이 재능 있는 시인은 『니체의 차라투스트라는 이렇게 말했다』 등의 철학서를 내기도 했다.

대학에 입학하자 나는 거룩하고 순수한 음식에 대해

밥상머리에서 몇 달간 떠들기 시작했다
문학과 정치, 영혼과 노동, 해방에 대하여, 뛰어넘을 수 없는
반찬칸과 같은 생물들에 대하여
잠자코 듣고만 계시던 어머니 결국 한 말씀 하셨습니다
"멸치도 안 먹는 년이 무슨 노동해방이냐"

– 「멸치의 아이러니」 중에서

시인은 1980년대라는 불의 연대를 통과하며 문학과 정치, 영혼과 노동, 해방에 대하여 사유하면서 청춘의 시기를 보낸 사람이다.

세상의 절반은 노래
나머지는 안 들리는 노래

– 「세상의 절반」 중에서

이렇게 말할 때 시인은 안 들리는 노래를 듣고 그것을 사람들에게 들려주는 존재다. 한 시인에겐 그 내부에 여러 시인이 공존한다. 시인은 나에게는 다섯 명의 시인이 있다고 말한다.

나에게는 다섯 명의 시인이 있지

첫번째 사람

그는 아파

(중략)

두번째는 용감해

(중략)

세번째 시인은 의사 흉내를 내지

(중략)

네번째 나의 시인은 천재

(중략)

마지막 한 사람은

엉터리

– 「앤솔러지」 중에서

그중에서 당나라 벼루에 갈린 먹 냄새를, 시인들의 달을, 박
노해를, 망치를, 십자나사못을 좋아하고, 혁명과 철학이 좋았
다고 말하는 한 명을 만난다.

아가씨들의 향수보다 당나라 벼루에 갈린 먹 냄새가 좋다

과학자의 천왕성보다 시인들의 달이 좋다

(중략)

엘뤼아르보다 박노해가 좋았다

(중략)

연필보다 망치가 좋다, 지우개보다 십자나사못

성경보다 불경이 좋다

(중략)

혁명이, 철학이 좋았다

—「그 머나먼」중에서

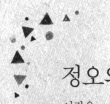

정오의 희망곡

이장욱

우리는 우호적이다.

분별이 없었다.

누구나 종말을 향해 나아갔다.

당신은 사랑을 잃고

나는 줄넘기를 했다.

내 영혼의 최저 고도에서

넘실거리는 음악,

음악은 정오의 희망곡,

우리는 언제나

정기적으로 흘러갔다.

누군가 지상의 마지막 시간을 보낼 때

냉소적인 자들은 세상을 움직였다.

거리에는 키스신이 그려진

극장 간판이 걸려 있고

가을은 순조롭게 깊어 갔다.

나는 사랑을 잃고

당신은 줄넘기를 하고

음악은 정오의 희망곡.

냉소적인 자들을 위해 우리는

최후까지

정오의 허공을 날아다녔다.

『정오의 희망곡』, 문학과지성사, 2006.

세계의 한 단면을 잘라 보여주는 「정오의 희망곡」의 시적 어조는 다소 우울하고 다소 명랑하다. '정오의 희망곡'은 한 라디오의 프로그램이었는데, 지금도 그 프로그램이 있는지 모르겠다. 먼저 정오라는 시각에 주목하자.

> 오전 열한 시에 나는 소리들을 흡수하였다.
> 오전 열한 시에 나는 가능한 한 시끄러웠다.
> 창문을 열고 수많은 목소리가 되었다.
> ―「소음들」 중에서

오전 열한 시와 정오는 근본적으로 다른 시간대다. 정오는 밝아 오는 새 아침의 상쾌한 시작이 거덜이 나고, 사방에 빛이 넘치는 한낮의 시각이다. 아침은 정오를 향한 전주곡이다. 정오에는 해가 하늘 한가운데 오고 그림자가 가장 짧아진다. 정오는 무지몽매의 표상인 어둠을 몰아내고 마침내 도달한 무오류의 시각이기 때문에 위대하다.

니체는 말한다. "한낮, 가장 짧은 그림자의 순간, 가장 긴 오류의 끝, 인류의 천장." 삶은 무오류가 아니고, 따라서 정오는 무오류가 아닌 사람들에게 무오류와 진리를 강요하는 잔혹한 고통의 시각이다. 정오에 이르러 하늘의 천장 한가운데 머문 태양은 사람들에게 그 분신인 그림자를 선물한다. 그림자는 마치 우리 안에 숨어 있던 오류처럼 정오가 지나면서 점점 길어진다. 하나가 둘이 되고, 그 분열은 돌이킬 수 없는 사건이 되는 것이다.

자신의 오류성을 되새기는 정오는 그런 맥락에서 영혼의 최저 고도다.

내 영혼의 최저 고도에서
넘실거리는 음악,
음악은 정오의 희망곡,

그 최저 고도에 넘실거리는 '정오의 희망곡'이라니! '정오의 희망곡'은 희망을 정오마다 송출하겠다는 사회적 약속이지만 그것으로 우리 삶에 내장된 무수한 실패와 오류들이 근본적으로 수정되는 일은 일어나지 않는다. 이 명랑하고 달콤한 가짜 희망들이 라디오가 켜진 모든 곳에 전달될 때는 인생

의 아이러니를 되씹을 때다. 보라, 그 '정오의 희망곡'이 배달
되는 순간에 무슨 일이 일어나는가를.

　당신은 사랑을 잃고
　나는 줄넘기를 했다.

'정오의 희망곡'이 도처에 넘실거리는 그 시각에도 사랑을
잃는 비극은 되풀이되고, 어디서나 줄넘기를 하는 사람은 존
재한다. 줄넘기는 사랑이라는 이름으로 당신에게 의탁했던 제
존재를 되찾으려는 기획이다. 사랑이란 상대방의 가짜 구원
자 노릇하기다. 이를 그칠 때 사랑은 깨진다. 베르트랑 베르줄
리Bertrand Vergely는 말한다. "우리가 서로에게 가짜 구원자 노
릇을 하고 있을 때, 당신과 나는 서로에게 악마다. 이는 하루
에도 열 번씩은 벌어지는 일이다." 아울러 사랑이란 상대방
영혼을 식민지화하고, 한없는 수동성에 빠뜨려 무단으로 전
유專有하는 방식이다. 달콤한 애무조차도 사실은 무의식의 층
위에서 공격이며 비열한 침범이다. 애무의 본질은 알랭 핑켈
크로트에 따르면 "그가 나에게 던지는 시선과 자유를 포기하
고 나에게 몸을 던져 오도록 하기 위해서 상대방에게 파놓은

함정이다. 수동성으로의 초대. 욕망의 대상을 자신의 끈끈한 살에 붙여놓아 도망가지 못하도록 하고, 자신은 상대의 시선 아래에서 살지 않으려는 기도이다." 애무, 이 한없는 수동성 으로의 초대. 혹은 상대의 무력화.

그런데 왜 하필 줄넘기일까? 물론 배드민턴을 치거나 역기를 들 수도 있겠지만 배드민턴은 상대가 필요하고, 역기는 너무 무겁지 않은가? 그러니 왜냐고 묻는 것은 너무 사소한 것에 집착한다는 뜻이다. 시의 화자는 한사코 줄넘기를 한다. 당신이 사랑을 잃었다면 나도 언젠가는 사랑을 잃을 수 있다. 그 불행한 예감 속에서 한낮은 기울고, 누구나 종말을 향해 나아가고, 가을은 순조롭게 깊어 갔다.

누구나 종말을 향해 나아갔다.
당신은 사랑을 잃고
나는 줄넘기를 했다.
(중략)
누군가 지상의 마지막 시간을 보낼 때
냉소적인 자들은 세상을 움직였다.

거리에는 키스신이 그려진

극장 간판이 걸려 있고

가을은 순조롭게 깊어 갔다.

정말 세상은 순조롭기만 한 것일까? 아니다. 모든 순조로움
은 그 안에 순조롭지 못함을 감춘다. 순조로움은 하나의 분식
粉飾에 지나지 않는다. 아이들은 자라고, 어른들은 늙는다. 모
든 것이 속절없이 종말의 시간을 향하여 흐를 때 냉소적인 자
들은 세상을 움직였다.

왜 불행의 예감들은 현실이 되는 것일까. 인생은 잔걸음으
로 빠르게 인파 속으로 걸어가는 병든 아이의 아버지와 같다.
나와 당신의 인생에서 일어났던 일들이 완벽하게 뒤집어진
다. 전반부와는 상황이 뒤집어지는 역전逆轉이 일어난다.

나는 사랑을 잃고

당신은 줄넘기를 하고

중국 도자기는 언젠가 깨지고, 잡상인은 끊임없이 닫힌 문

을 두드리며, 화병의 꽃은 시들기 마련이다. 한번 사랑을 잃은 자는 영원히 사랑을 잃는다. 이것이 나, 호모 센티멘탈리스의 생각이다. 빛으로 차고 넘치는 정오라고 공허와 암흑이 없는 것은 아니다. 정오는 공허와 암흑을 제 이면에 가둔다. 정오의 태양은 이글거리며 모든 사물의 따귀를 올려붙인다. 누군가는 이빨을 닦고, 누군가는 똥을 싸고, 누군가는 동료와 잡담을 나누고, 누군가는 사랑을 잃고, 누군가는 줄넘기를 하고, 냉소적인 자들은 세상을 지배하는 법안을 기안할 때, 이 그림자가 짧아지는 정오의 시각 위로 김빠진 맥주처럼 '정오의 희망곡'이 쏟아진다. 모욕이나 욕설처럼.

삶이란 근본에서 사소한 비밀들을 지닌 채 살려는 노력이다. 냉소적인 자들은 그 사소한 비밀들을 추궁하고, 그것을 빌미로 모욕하고 처벌하겠다고 협박한다. 이 가을 아침 나는 희미해진 당신의 얼굴을 떠올리며 줄넘기를 한다. 당신의 얼굴은 표상이 아니라 내 명령을 피해, 내게 흡수되기를 거절하고 간신히 도망간 바로 그 실재다. 에마뉘엘 레비나스Emmanuel Levinas는 얼굴을 "내 안에 있는 타자의 관념을 뛰어넘어 타자가 나타나는 방식"이라고 말한다. 내게서 도망간 수많은 얼굴들이 내 안에서 사소한 비밀들을 배양할 때 나는 사소한 비밀들을 간직한 채 줄넘기를 한다.

🖊 ___ 이장욱은 1968년 서울에서 태어났다. 그는 제가 태어난 해를 특별한 방식으로 기억한다.

> 1968년이 오자
> 프라하의 봄이 끝났다
> 레드 제플린이 결성되었다
> 김수영이 죽었다
> – 「좀비 산책」 중에서

그해 연습생 신화를 쓴 프로야구선수 장종훈과 가수 신해철이 태어나고, 최초의 우주비행사 유리 알렉세예비치 가가린 Yurii Alekseevich Gagarin 과 흑인 인권운동가 마틴 루서 주니어 킹 Martin Luther Jr. King, 그리고 헬렌 애덤스 켈러 Helen Adams Keller 가 죽었다. 그해 일본 소설가 가와바타 야스나리 川端康成 가 노벨문학상을 받고, 10월 12일에는 제19회 멕시코올림픽이 개막했다. 그해 1월 내가 살던 동네로 북한 무장공비들이 청와

대를 피습하기 위해 내려왔다. 그때 나는 겨울방학을 맞아 시골에 있었다. 그해에 수많은 사람들이 태어나고 죽는데, 그해 태어난 사람 중 하나가 시인 이장욱이다.

나는 이장욱을 만난 적이 없다. 대학에서 러시아문학을 전공한 재기발랄한 이 시인은 시에서 비평으로, 그리고 소설로 문학의 외연을 확장해간다. 내가 아는 '이장욱'은 오로지 시집 『정오의 희망곡』에서 만난 이장욱이다. 1994년 『현대문학』을 통해 등단해 지금까지 시집 『정오의 희망곡』, 『생년월일』 등과 소설 『고백의 제왕』, 『천국보다 낯선』 외에도 다양한 산문집을 냈다. 〈현대문학상〉, 〈현대시학상〉 등을 수상했다.

그는 국가보안법이 있고, 갖가지 용의자들이 활보하고, 누군가는 복권을 사는 국가에서 태어나 개인적인 관계로 가득한 오늘에 불시착한다.

오늘은 개인적인 관계로 가득하다.
오늘은 10년 후의 야구와 같다.
(중략)

226

누군가 플레이 볼—이라고 외치자

나는 있는 힘껏 배트를 휘둘렀다.

그리고 10년 후의 베이스를 향해

필사적으로 달려갔다.

– 「10년 후의 야구장」 중에서

그는 녹색연합 회비를 자동이체로 내고, 진보정당인 민노당을 지지하고, 아이들과 자가용을 혐오한다. 기압골이 이동하고 그 이동에 따라 흐리거나 바람이 불거나 비가 온다. 날씨는 항상 예측 불가능한데, 그의 시에는 날씨에 대한 언급이 잦다. 그는 고백한다.

나에게는 신비로운 과거가 없으며,

나에게는 늙으신 아버지가 있으며,

나는 오로지 지금 이곳에 있다.

– 「결정」 중에서

오늘을 낯선 시선으로 전생前生의 날처럼 바라보는 그의 시를 읽는다.

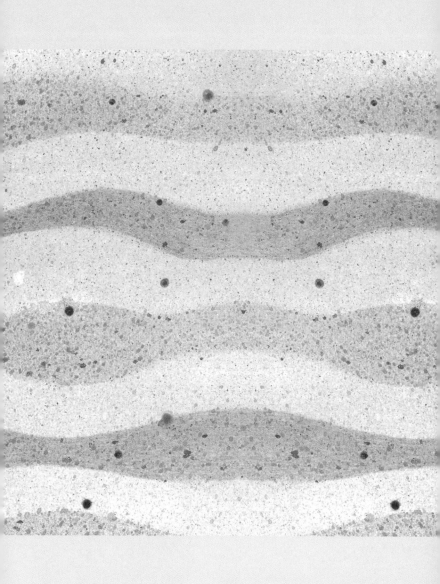

삶은 찰나와 영원 사이에서 요동친다.
영원은 시간 개념이 아니라
찰나를 우주적 규모로 무한 확장하는 것이 아닐까.

3장

바람보다 더 빨리 울고
바람보다 먼저 일어난다

풀

김수영

풀이 눕는다

비를 몰아오는 동풍에 나부껴

풀은 눕고

드디어 울었다

날이 흐려서 더 울다가

다시 누웠다

풀이 눕는다

바람보다 더 빨리 눕는다

바람보다 더 빨리 울고

바람보다 먼저 일어난다

날이 흐리고 풀이 눕는다

발목까지

발밑까지 눕는다

바람보다 늦게 누워도

바람보다 먼저 일어나고

바람보다 늦게 울어도

바람보다 먼저 웃는다

날이 흐리고 풀뿌리가 눕는다

『거대한 뿌리』, 민음사, 1995.

김수영이 풀을 노래할 때, 풀은 담 밑에 흔하게 돋아 있는 대상으로서의 풀이며, 동시에 물질세계와 잇닿아 있는 자명한 의식세계 저 너머의 무엇을 강력하게 암시하는 이미지다.

풀이, 이름도 없는 낯익은 풀들이, 풀새끼들이
허물어진 담 밑에서 사과껍질보다 얇은

시멘트 가죽을 뚫고 일어나면 내 집과
나의 정신精神이 순간적으로 들렸다 놓인다
– 「거짓말의 여운 속에서」 중에서

풀은 그것을 지칭하는 대상을 넘어서서 시인의 잠재의식 속에서 일어난 이마고imago를 품는다. 풀이 시멘트 거죽을 뚫고 일어설 때 정치적 억압이 상존하는 전체주의 국가에서 권력의 압제에 저항하는 민중의 현존에 대한 가시적 상징물이라고 말할 수도 있을 것이다. 허물어진 담 밑, 단단한 것조차 꿰뚫으며 올라오는 연약하기 짝이 없는 풀에서 무겁고 단단한 권력에 저항하는 민중의 힘을 일말의 두려움 속에서 발견했을 수도 있다.

1968년 김수영이 불의의 교통사고로 세상을 뜨고 유작으로 「풀」을 내놨을 때, 사람들은 우선 그간의 제 시적 성취를 전복하는 「풀」의 눈부신 이질성에 놀랐다. 그러나 사람들은 이 시의 이질성에도 불구하고 「풀」을 김수영이 시를 통해 그토록 한마음으로 벼려온 소시민의 정치의식이라는 맥락 위에서 읽기를 소망했다. 바람보다 더 빨리 눕고 바람보다 먼저 일어나는 풀을 정치적 상상력이라는 맥락 속에 집어넣고 독재 정권에 저항하는 민중의 상징으로 읽어냈다. 오랫동안 김수영의 풀은 비평가 문광훈이 『시의 희생자 김수영』에서 말했듯이 "민중과 그 생명력, 혹은 자유나 부정의 정신"으로 오독되었지만, 이 시를 조금만 찬찬히 읽어보면 그게 얼마나 무지몽매한 폭력인가가 쉽게 드러난다.

그 뒤로 명민한 비평가 김현에게서 시작해 여러 뛰어난 비평가들이 나서서 「풀」을 오독의 폐해로부터 구원해낸다. 정과리, 문광훈 등의 비평가에 의해 「풀」은 새로운 해석의 조명을 받고 이 시가 품고 있는 의미의 다가성多價性이 드러난다. 특히 문광훈은 『시의 희생자 김수영』에서 풀의 함의를 "생명적 움직임"을 포괄하는 상징으로서 "생명적 연쇄의 거대한 움직임은 개체적 형성 맥박을 전경으로 하면서 동시에 우주적 운행의 리듬을 후경"으로 새기고, "일상과 의식, 생활과 시를 일치시키고자 하는 몸의 형성적 실천 속에서 곤경과 수모, 설움과 수치는 더 이상 모순이 아니라 갱생을 위한 자기 변모적 계기"를 찾아낸 빼어난 시로 평가한다.

정과리는 「풀」이 보여주는 동사들이 교차 반복하며 만들어내는 "운동감"의 파장과 효과를 되새기고, 풀 위에 서 있는 "발목/발밑"의 존재에 대한 주목을 환기시키며 "작란하는 타자"를 새로운 해석의 코드로 내세우고 있다. 그리하여 "'나'는 고통하는 존재로서 풀과 동렬에 서며, 이 연관 덕분에 고통 모르는 존재들의 놀이인 풀─바람의 작란에 동참할 가능성을 얻게 된다"는 빼어난 해석을 이끌어낸다. 아무튼 두 비평가에 의해 「풀」은 이전의 이해보다 훨씬 더 진화된 해석의 지평 속에서 새롭게 더해진 생명력을 갖게 되었다.

풀은 빨리 눕고, 빨리 울고, 늦게 누워도 먼저 일어나는 속도를 보여준다. 이 시를 읽을 때 빨리, 늦게, 먼저 등과 같은 시간의 경과를 보여주는 부사어의 반복적인 쓰임을 놓쳐서는 안 된다. 풀은 바람의 동력을 즐겁게 쓴다. 풀은 차라리 바람과 함께 논다[遊戲]. 풀은 거기 있을 뿐만 아니라 바람의 리듬을 타고 저편으로 나아가는 생명의 율동을 보여준다. 바람과 더불어 놀며 운동과 속도에 의해 끊임없이 자기 갱신의 몸짓을 되풀이하는 것이다.

이 풀은 바람이 있기 전의 그 풀이 아니다. 풀은 바람의 결에 따라 눕고 울었던, 과거에 포획된 풀이 아니다. 풀은 늦게 누워도 먼저 일어나고 늦게 울어도 먼저 웃는 풀이다. 가장 낮은 곳인 발목과 풀뿌리에서 울다가 불어오는 동풍을 끌어들여 풀-동풍으로 자기 갱신을 이룬다. 풀은 더 빨리 울고 더 먼저 일어난다. 풀은 풀-동풍으로 거듭나는 운동과 속도로 '문턱'을 넘어선다. 그리하여 이 풀은 아무 데나 지천으로 널린 흔하고 흔한 풀에서 단 하나의 풀로 호명 받는다. 김수영의 「풀」은 있음에서 되어짐으로 나아감, 그 생명의 율동에 대한 찬가다.

✎___ 김수영은 1921년 11월 27일 서울 종로 6가에서 김태욱의 셋째 아들로 태어난다. 김수영네 집안은 본디 의관醫官이

237

나 역관譯官, 부상富商 들로 이루어진 중인들의 주거지인 관철동에 있었다. 무반武班 계급에 속한 김수영네는 경기도 파주, 문산, 김포와 강원도 철원, 홍천 등지에 광대한 토지를 소유하고 해마다 400여 석을 거둬들이는 지주 집안이었으나, 일제의 침탈 뒤 급변하는 사회의 흐름에 적응하지 못하고 몰락했다. 김수영이 태어나던 해에는 관철동에서 종로 6가로 이사한다.

그이는 집안일을 거드는 여자의 등에 업혀 네 살 때 유치원에 다니고, 다섯 살 때는 서당에 나가 한문을 배운다. 여덟 살 때 어의동공립보통학교, 지금의 효제초등학교에 입학한다. 일본 유학에서 돌아와 만주 지린성으로 이주한 가족을 따라가 거기서 한동안 연극에 빠져든다. 해방 뒤 연극에서 시 창작으로 진로를 굳히고 1945년 『예술부락藝術部落』에 「묘정廟廷의 노래」를 내놓으며 문단에 나온다. 그러나 1968년 불의의 교통사고로 세상을 뜨고 만다. 갑자스런 죽음과 동시에 활화산처럼 터져 나올 그이의 시업도 막을 내리고 말았다. 생존에 그의 업적을 기려 〈20세기를 빛낸 한국예술인상〉과 〈금관문화훈장〉이 수여됐다.

고아

이진명

두려워하지 마라

새가슴처럼 뛰는구나

팔딱임을 멈추지 못하는구나

여기는 자리가 아니다 일어나라

날지 못해도

너는 날았다

아비를 날았고 어미를 날았고

형제자매를 날았다

일가친척을 날았다

집도 절도 일찍이 무너뜨려 날았다

너는 처음부터 날았던 사람

떨어지지 않았던 사람이다

두려워하지 마라

시방대천이 다 터졌다

만 개의 발우가 만발한다

문고리를 잡고 토하지 마라

심장을 다치지 마라

돌아보라

어머니가 서 있다

보관寶冠을 쓴 어머니가

약함藥函을 들고 서 있다

『세워진 사람』, 창비, 2008.

이진명 시인은 제 시의 밑자리에 원체험으로 들어앉은 전쟁의 상처를 드러낸다. 그 사정은 시집에 소상히 드러나 있다. 시적 화자의 표상적 이미지는 고아다. 어미도 없고 아비도 없고, 집도 없고 절도 없는 아이, 즉 헐벗은 존재다. 누구나 고아로 태어나는 게 아니라 헐벗음으로 실존의 최소주의에 놓일 때 고아가 되는 것이다. 고아가 되었기 때문에 헐벗은 것이 아니라 헐벗어서 고아다. 헐벗음은 세계의 가난을 체화한 존재의 표식이다. 고아란 결핍으로서만 저를 드러내는데, 그런 점에서 고아는 가난뱅이, 이방인, 과부와 같은 사회적 약자다. 헐벗음 그 자체는 악도 선도 아니지만, 헐벗은 자들을 헐벗음으로 내몬 상황은 악이다. 고아는 이 악과 싸울 운명의 강제에 놓인 존재다.

새가슴처럼 뛰는구나
팔딱임을 멈추지 못하는구나

고아로 산다는 것은 심장이 새가슴처럼 뛰는 것, 무릎을 꿇는 것, 문고리를 잡고 토하는 것이다. 그런 일들은 눌림과 따돌림과 헐벗음으로 얼룩진 최저 낙원에서 드물지 않은 일이다. 고아란 뛰어넘어야 할 숭고한 의무를 불러오는 인간의 조건이다. 그것이 넘어가야 할 불행과 불모라는 것을 말하기 위해 시인은 '날았다'라는 동사를 여섯 번이나 반복한다. '날다'는 초월의 뜻을 품은 어사다. 초월은 자기 동일성 안에서의 자기 넘기다. '나'이면서 '나'가 아닌 존재로 넘어가는 것, 내 안에 머물면서 '나'의 조건들을 넘어서는 것이 바로 초월이다. 시인은 헐벗음에 대한 존재론적인 인식을 밀고 나가 나-고아를 타자화하며 독려한다.

여기는 자리가 아니다 일어나라

이것은 어머니의 목소리인데, 이 목소리가 나오는 타자의 얼굴은 고아의 얼굴이다. '일어나라'라는 명령은 고아 내부에 있는 어머니에게서 나온다. 고아-어머니는 교묘하게 동일자로 겹쳐진다. '일어나라'는 명령은 불행의 상습화와 있음의 최소주의에 맞서 그것을 넘어 날아가는 일의 숭고함을 개시한다. 초월에의 욕망을 일깨우는 이 목소리는 한 번 더 장엄하게 변주된다.

문고리를 잡고 토하지 마라

천진무구한 너는 헐벗은 자다. 아파서 문고리를 잡고 토하는 자다. 건강이 사회적 현실에 맞서는 잉여적 활력을 뜻하는 것이라면, 너는 기댈 어떤 것조차 없이 고갈된 사람, 다시 말해 아픈 사람이다. '문고리를 잡고 토하지 마라'라는 명령은 아픔을 딛고 일어나라는 명령이며, 불행에 지지 말라는 명령이다. 이 대목에서 고아—어머니의 분리가 일어나는데, 발화자의 얼굴에서 고아는 흐릿해지는 대신에 어머니는 뚜렷해진다. 시의 끝부분에서 치유자이자 전적으로 이타성^{利他性}의 존재인 어머니가 돌연 그 모습을 전면적으로 드러내면서 시적 반전의 효과가 극대화된다.

보관^{寶冠}을 쓴 어머니가
약함^{藥函}을 들고 서 있다

헐벗은 네가 돌아보는 바로 그곳에 어머니가 서 있다. 세상의 모든 어머니는 참사람, 천지만물의 스승, 헐벗고 아픈 자들의 치유자다. 어머니는 보관^{寶冠}을 쓴 관세음보살^{觀世音菩薩}이고,

약함藥函을 들고 서 있는 약사여래藥師如來가 아닌가. 시인은 다음과 같이 새겨 놓는다.

아버지 피 같다는 것 하나로

(아니요. 피, 핏줄이라는 걸 그리 대단하게 생각진 않습니다.

상투적 습관으로 이어지는 무엇일 뿐이라는 생각이 크지요)

그보다는 각각 부와 모를 잃은 슬픔 아픔이 같다는 걸로

(하긴 나는 피보다는 인간 보편의 죽음과 불가해한 이별에

대해 알고픔이 많은 사람이긴 합니다)

– 「윤희 언니」 중에서

우리는 모두 고아다. 상처받은 자가 아니라 상처받을 가능성이 있는 자로서, 헐벗은 자가 아니라 헐벗을 수 있는 가능성에 놓인 자로서 그렇다는 뜻이다. 고아란 그 슬픔 아픔을 잃는 존재의 부조리한 양태樣態다. 고아가 간절하게 부르는 존재는 어머니다. 시인은 고아에게 그 어머니를 내준다. 이 관음보살–어머니, 약사여래–어머니는 어디에서 왔는가. 그것은 본디 고아 자신의 내부에 있던 존재다. 우리 모두는 고아도 아니고, 어머니도 아니고, 그 둘의 존재, 즉 고아–어머니다. 이 시

의 숨은 전언에 따르면 우리는 피구원자이면서 동시에 구원
자다.

✎___ 이진명은 1955년 서울에서 태어났다. 1990년『작가
세계』로 등단한 시인은 지금까지 시집『집에 돌아갈 날짜를
세어보다』,『단 한 사람』,『밤에 용서라는 말을 들었다』,『세워
진 사람』을 냈다. 속이 연하고 조용한 이진명 시인의 겉모습
은 원불교 정녀 같다.

속이 연하고 조용해지면
생각이 높아지는 법

생각이 높아지면
모든 지상의 것들에게로 겹으로 스미리
– 「죽집을 냈으면 한다」 중에서

그 연함은 부성父性이 배제된 여릿함, 일체의 굳고 단단함을
무화해버리는 식물성의 부드러움이다. 이 연성軟性의 세계는
미수복 지구인 함경북도 명천에 남아 분단으로 한 번도 얼굴

을 보지 못한, 이복 언니를 생각하며 쓴 시에 그대로 펼쳐진다.

60년 세월의 고난과 고절, 황폐를 넘어
내 아기야, 엄마야, 내 손주야, 할머니야
이런 원음原音 저절로 발음할 것 같아요
– 「윤희 언니」 중에서

전쟁은 부성이 일으킨 대립의 산물이다. 전쟁은 행방불명
과 이산離散, 실향과 망향을 낳고, 많은 과부와 고아를 만든
다. 찢기고 일그러진 상처를 보듬고 치유하는 것은 속 깊은 모
성母性이다. 모성에서 나온 연민과 사랑이다. 그래서 어머니의
세계는 원음의 세계다.

몇 해 전 이진명 시인의 새 시집 『세워진 사람』이 나온 걸
축하하려고 천양희 시인과 함께 만나 점심식사를 하고 성북
동에서 커피를 마셨다. 바로 근처에 간송미술관이 있어 그쪽
으로 발걸음을 했는데, 관리인이 입구에서 가로막았다. 시인
은 자신을 이렇게 표현한다.

늦게 결혼해 애 낳고 애 키우다

어렵사리 외출의 염을 내

스타킹을 끌어올리는데, 그보다 먼저

막 포장 풀어 발가락 넣으려고

스타킹의 입 벌려보려는데

올, 오! 올

　ㅡ「손거스러미의 시간」중에서

어떤 시기와 질투로 나를 씹은 것이었겠지만(의지가지없는
이 희박한 존재에게도 시기와 질투로 씹힐 세상의 무엇인가가
남아 있다는 놀라운 경험!)

　ㅡ「나의 눈」중에서

　'국제연등선원'의 양철 표지판을 따라 비포장도로를 거쳐
찾아간 그곳은 뜻밖에도 '국제'에 걸맞지 않은 고즈넉한 곳이
었다. '국제'라는 말이 이끄는 소란과 거창함이 없어 시인은
놀란다. 그곳에서 시인의 후각에 붙잡힌 것은 조용하고 외딴
것의 냄새다. 시인은 안도한다. 그게 실은 시인의 냄새이기 때
문이다.

국제 뭐라는 것이 이렇게

조용하고 외딴 것인 줄 처음 알았다

국제 뭐라는 것이 이렇게

비포장의 햇살만 받아먹는 오솔길인 줄 처음 알았다

- 「국제연등선원」 중에서

고요로의 초대

조정권

잔디는 그냥 밟고 마당으로 들어오세요 열쇠는 현관문 손잡
이 위쪽
담쟁이넝쿨로 덮인 돌벽 틈새를 더듬어 보시구요 키를 꽂기
전 조그맣게 노크하셔야 합니다 적막이 옷매무새라도 고치고
마중 나올 수 있게
대접할 만한 건 없지만 벽난로 옆을 보면
오랫동안 사용하지 않은 장작이 보일 거예요 그 옆에는
낡았지만 아주 오래된 흔들의자
찬장에는 옛 그리스 문양이 새겨진 그릇들

달빛과 모기와 먼지들이 소찬을 벌인 지도 오래되었답니다

방마다 문을, 커튼을, 창을 활짝 열어젖히고

쉬세요 쉬세요 쉬세요 이 집에서는 바람에 날려 온 가랑잎도

손님이랍니다

많은 집에 초대를 해 봤지만 나는

문간에 서 있는 나를

하인처럼 정중하게 마중 나가는 것이다

안녕하세요 안으로 들어오십시오

그 무거운 머리는 이리 주시고요

그 헐벗은 두 손도

『고요로의 초대』, 민음사, 2011.

자, 어느 날 고요에게 초대장을 받았다고 하자. 고요가 사는 집 마당에는 잔디가 깔려 있고, 돌벽은 담쟁이넝쿨로 덮여 있다. 우리는 문 앞에서 인기척을 내야 한다. 그래야만 거기 사는 적막이 옷매무새라도 만지고 우리를 마중 나올 수 있기 때문이다. 고요는 옛날이다. 옛날 속의 스러짐이다. 고요가 지나간 자리는 황폐하다. 그 폐허 속에서 달빛과 모기와 먼지들이 소찬을 벌이기도 한다. 고요에 초대받는다면, 우리는 무거운 머리와 헐벗은 두 손은 고요에 맡겨도 좋으리라.

소음은 문명과 인위의 산물이지만, 고요는 자연의 선물이다. 소음은 악몽을 낳고 고요는 평화로운 마음을 낳는다. 소음 공장 지대인 도시에 견줄 때 산골은 바위와 나무들의 은둔지이고 물소리 바람소리의 서식지다. 문태준은 고요를 이렇게 말한다.

족제비가 뒤를 돌아가는 소리도 들릴 만하게 조용하고 무섭고
― 문태준, 「추운 옆 생각」 중에서

문태준은 고요의 구체적 실감을 부여하지만, 조정권은 단

251

지 고요의 서식지를 보여준다. 사람이 살지 않는 공간은 고요가 깃들 수 있는 최적의 장소다. 그 고요의 서식지에는 오랫동안 쓰지 않은 벽난로, 장작들, 흔들의자, 부엌과 찬장, 그릇들…… 따위가 있다. 사람이 살지 않는 대신 이 공간에는 달빛과 모기와 먼지들이 가끔씩 고요의 소찬을 벌인다. 어느 날 시의 화자는 이 고요에게 초대를 받는다.

문간에 서 있는 나를
하인처럼 정중하게 마중 나가는 것이다

초대를 받은 '나'를 마중 나간 건 다름 아닌 바로 '나'다. '나'는 고요의 서식지에 초대된 주인공이고, 동시에 초대의 주체다. 내가 고요의 객체이며 동시에 주체라는 암시다.

고요는 욕망을 비운 뒤에야 비로소 가능하다. 마음이 번잡하고 욕심으로 차 있으면 고요는 들어서지 못한다. 욕망을 비운 마음자리에 그윽하게 서리는 게 바로 고요다. 고요는 감흥도, 파토스pathos도 아니다. 고요는 사물들 사이의 평화고 질서고 리듬이다. 다른 한편으로 고요는 혼란의 살해이고 무질서의 파괴이며 견고한 강령들의 해체다. 그런 까닭에 사람은 삶에의 의지가 아니라 고요에의 의지로 더 고결해질 수 있다. 아무래도 고요와 고집은 친족이거나 이웃사촌이다.

고통과 대화를 하고
오랜 시간을 나눠도
고집을 꺾지 못했다

고집은 혼자 사신다.
거식拒食하고 계신다.

아무래도 나는 저 지독한 고집을
노인네처럼 강가에 혼자 버려두고 온 것 같다
—「장벽」 중에서

고요가 그렇듯 고집도 떠들썩한 것보다는 독거獨居 취향이 짙다. 고요가 스스로 욕망을 비움으로써 고요에 닿듯 고집 역시 거식으로써 제 안을 비운다. 비우고 혼자 꿋꿋하게 서려는 고요와 고집의 이 독거 본성은 꺾기 힘들다. 고요해진 뒤에 비로소 보게 되고, 보게 되어야만 사랑할 수 있다. 바라봄은 고요의 촉수들이 이 세계를 향해 내미는 수줍은 초대장이다. 사랑은 시끄러움이 아니라 마음의 고요 속에서 싹튼다. 차라리 사랑은 고요가 일으키는 시끄러운 사건이다.

대개 정치는 시끄럽다. 고요가 단순함에서 발현된다면 정치는 복잡함의 소산이다. 정치는 맞섬이고 다툼이고 물어뜯음이다. 노자老子는 『도덕경道德經』 제45장에서 "맑고 고요한 것이 천하의 바름이다"라고 했다. 정치가 있는 곳이 늘 시끄러운 것은 정치가 애초부터 바름을 배제하기 때문이다. 바름이 없는 곳에 다툼이 잦고, 다툼이 잦은 곳에서는 욕망과 분노와 교만이 활개를 친다. 노자는 가장 좋은 정치는 그런 것이 있는 줄조차 모르는 것이라고 말한다. 정말 태평한 시대에는 군주의 존재 자체를 잊고 산다. 무위이치無爲而治, 즉 무위의 정치를 펴기 때문이다. 무위의 정치는 비가 내려 마른 땅을 적시고, 햇빛이 내려 식물에 골고루 자양분을 주듯 한다. 그것은 늘 있으면서 없는 듯하다. 이게 바른 정치다. 정치에 바름이 없으니까 세상이 시끄럽다. 차라리 정치란 고요에서 달아나기고, 고요의 집어삼킴이다.

고요는 내적 혁명의 단초다. 왜 이런 사태가 벌어지는가. 고요가 내면의 동력학에서 나오는 능동 가치이기 때문이다. 고요는 아무것도 하지 않는 자, 가만히 있는 자에게 거저 주어지는 게 아니다. 고요는 능동의 산물이다.

미학자 문광훈은 『숨은 조화』에서 이렇게 말한다. "고요 속에서 우리는 부단히 묻고 절망 속에 꿈꾸면서 변모되어간다. 꿈꾸는 자의 집은 고요이고, 그가 움직이는 방식은 성찰이다. 홀로 있는 고요함이 존재의 결핍을, 현존의 누락을 살펴 묻게 하는 것이다. 충일에 대한 자족이 아니라 결핍에 대한 이 절망적인 물음으로 하여 고요는 꿈꾸는 자의 실천적 에너지로 빛난다. 결핍에 대한 고요 속의 물음이 충일한 존재의 빛을, 그 빛에의 그리움을 불러일으킨다. 고요 속에서 묻는 한, 존재는 언젠가는 그리고 어떤 방식으로든 삶 전체의 충일적 질서를 경험할 수 있을 것이다." 고요는 마음의 실천으로 이어질 때 제 존재를 파릇하게 드러내며 빛난다. 고요는 마음의 가능성을 열고, 실천의 계시啓示로 나아가며, 아직 아무것도 아님을 됨으로, 갱신의 눈부심으로 이르게 한다.

고요는 욕심의 비움, 혹은 가난의 산물이기도 하다. 가난은 가진 것들이 적고 소박한 살림에 바탕을 둔다. 그런 까닭에 가난은 필연적으로 욕망을 줄이고 정화하는 장치이기도 하다.

2006년 3월
파리 남동쪽 70킬로미터
시골 마을 바르비종
쇠스랑을 든 채
저물어 가는 들녘을 배경으로 부부가
흙 속에 누워 있는 나를
물끄러미 내려다보고 있다.
이 가난은 종교적 상태의 고요를 준다.
하루 일과를 일생처럼 아직 마치지 못한 내게.
― 「가난함」 전문

가난은 숭고한 형식의 고요를 불러오는데, 시인은 그것을 '종교적 상태의 고요'라고 명명한다. 고요의 시공에로 발길을 들여놓는 순간, 우리는 고요에 빙의된다. 언젠가 자작나무 숲에 들어간 적이 있다. 나는 거기에 깃들어 있는 고요의 청정함에 깊은 감동을 받았다. 이때 고요는 진리고 청정함이고 마음의 본원이다. 얕은 계곡의 돌 틈을 흐르는 물과 나무들 사이를 불어가는 바람은 이곳이 고요의 요람지라는 걸 말해준다. 고요는 소리의 부재 상태가 아니라 소리와 자아 사이에 평화와 조화를 느끼게 하는 매개물이다. 시인은 빈 것에서 성스러움을 본다. 한 번 쓰고 버려지는 포장지가 성체聖體 아닐까. 꽃이야 시들면 버리지만 영원히 시들지 않을 것 같은 저 바구니. 누군가 내 몸을 감싸고 포옹해주는 저 바구니가 꽃이요 성소聖所 아닌가.

한 번 쓰고 버려지는 저 포장지가 성체聖體 아닌가.
저 빈 바구니가
성소聖所가 아닌가.
―「꽃을 전해 주는 스무 가지 방법 중에서 하나」 중에서

고요는 비어 있는 것이기에 성스럽다. 「고요로의 초대」는 고요의 파릇함을 엿보게 하고, 고요가 존재를 정화시키는 성소라는 걸 일깨워준다. 고요로의 초대가 잃어버린 '나'를 찾고 본원의 '나'에게로 인도하는 초대라는 사실도.

조정권은 1949년 서울에서 태어났다. 그는 남대문로에서 금은방을 하는 아버지를 둔 덕분에 유복한 어린 시절을 보냈다. 그의 문재文才는 양정고등학교 시절에 이미 나타나, 1970년에 박목월의 추천을 받아 시인 전봉건이 주재하던 『현대시학』으로 등단한다. 중앙대학교 영어교육과를 나와 김수근이 발행인으로 있던 『공간』지의 편집장을 지냈다. 그 시절은 당대 예술가들과의 잦은 교류로 그의 예술적 취향이 깊어지는 시간이기도 했다. 그는 이렇게 믿는다.

시는 무신론자가 만든 종교.

신 없는 성당.

외로움의 성전.

(중략)

시인은 1인 교주이자

그 자신이 1인 신도.

— 「은둔지」 중에서

그는 시라는 종교의 교주이자 단 하나인 신도다. 그는 세상을 등지고 과묵 속에 은둔한다. 과묵과 은둔은 시의 배양지이기도 하다. 그는 중세 음악을 즐기고, 단순하고 명징한 시 세계를 추구한다. 그의 시에 두드러지는 여유와 달관은 한때 노자와 장자莊子의 무위자연 철학에 경도한 흔적이다. 지금까지 시집 『허심송』, 『하늘이불』, 『비를 바라보는 일곱 가지 마음의 형태』, 『신성한 숲』, 『산정묘지』, 『떠도는 몸들』 등을 펴냈으며, 〈김수영문학상〉, 〈소월시문학상〉, 〈현대시문학상〉 등을 수상했다.

우리는 모두 고아다.
상처받은 자가 아니라 상처받을 가능성이 있는 자로서,
헐벗은 자가 아니라 헐벗을 수 있는 가능성에 놓인 자로서 그렇다.

메주

정재분

처마 끝에 매달린 소리 없는 풍경에게 긴긴 밤이 다녀가고
언 햇살이 스며들어 실핏줄이 자랄 즈음 묵묵한 어느 손길 윗
목 구들장 내어줄 제 담요를 뒤집어쓰고 기운이 차올라 하얀
꽃을 피우는 겁니다 고드름이 낙화하는 정월 보름 햇나물이 군
내를 헹굴 즈음 항아리 하나 가득 바다를 길어 올리는 겁니다
검댕이 숯과 붉은 고추부지깽이로 불씨를 일으키고 훠월훨 사
르며 시간 마루를 넘어서 다른 이름으로 태어나지요

『그대를 듣는다』, 종려나무, 2009.

입동 즈음이면 김장을 끝낸 집마다 콩을 무쇠솥에서 삶아 내 메주를 쑤곤 했다. 하얀 김이 오르는 삶은 콩을 절구에 넣어 찧고 이겨 대개는 네모나게 빚고 그걸 짚으로 엮어 처마에 매달곤 했다. 이렇게 잘 띄운 메주는 이듬해 된장이나 간장을 담는 기본 원료가 되었다.

정재분의 「메주」는 그 메주를 발효 숙성시킨 뒤 장의 원료로 쓰는 차례를 따라간다. 처마에 매단 메주는 긴긴 밤이 다녀가고 언 햇살이 스며들면 제 안에 실핏줄이 자라 생명이 깃든다. 그 메주를 더운 뜰아랫방에다 짚을 깔고 온도와 습도를 잘 맞춰 숙성 발효시켜 간장이나 된장 원료로 썼던 것이다.

담요를 뒤집어쓰고 기운이 차올라 하얀 꽃을 피우는 겁니다

메주는 이 과정을 통해 숙성 발효한다. 그 잘 띄운 메주를 이듬해 정월 보름 즈음에 큰 항아리에 깨끗한 물을 붓고 천일염을 섞은 뒤 음陰을 의미하는 숯과 양陽을 의미하는 붉은 고추를 띄우면, 양을 품은 물이 다른 이름으로 태어난다.

불씨를 일으키고 훠훨훨 사르며 시간 마루를 넘어서 다른 이
름으로 태어나지요

그렇게 지난한 과정을 거쳐 메주는 장^醬이라는 새로운 이
름으로 거듭난다. 메주는 소진된 재이며 그 재 속에서 일어나
는 불꽃, 즉 피닉스다. 메주에 실핏줄이 자라나고 하얀 꽃이
피어나 새 생명을 얻는다. 이때 장은 콩과 바람, 햇살, 즉 땅과
하늘의 합쳐짐이며, 어둠, 물, 숯과 볕, 천일염, 붉은 고추, 즉
음과 양의 섞임이다.

처마 끝에 매달린 소리 없는 풍경

메주는 풍경이 되는데, 공간의 위계학에서 메주가 걸린 처
마 끝 허공은 세속을 넘어 하늘로 나아가는 초입이다. 땅에서
나고 자란 콩이 불에 익혀져 짓이겨진 뒤 다른 이름, 다른 존
재로 태어나려고 하늘이라는 신성한 공간으로 공중 부양한
다. 처마 끝에 매달린 이 메주는 서정주의 「동천^{冬天}」에 나오는
'고은 눈썹'에 상응한다.

내 마음속 우리 님의 고은 눈썹을

즈믄 밤의 꿈으로 맑게 씻어서

— 서정주, 「동천」 중에서

시인은 땅의 사물이 모진 시련을 거쳐 하늘의 신성성을 얻
는 생의 비의적 과정을 암시적으로 드러낸다. 비약하자면 메
주는 무의식의 심상계에서 비우고 고요해져 별이란 상징성을
얻는다. 비움이란 요동치는 마음과 삿된 생각의 매임에서 자
유로워지는 것이다. 노자는 『도덕경』 제16장에서 "완벽한 비
움에 이르러 고요함을 지키는 것에 독실해질 수 있다[致虛極 守
靜篤]"고 말한다. 메주는 다시 땅으로 내려와 어느 집 더운 뜰
아랫방에서 '담요를 뒤집어쓰고' 팽창과 수축 운동을 하며 다
른 무엇으로 거듭 태어난다.

이 시에서 눈여겨볼 것은 메주의 생태가 아니라 모든 살아
있는 것의 수신修身과 양생養生의 과정이다. 메주는 풍찬노숙을
견디고, 언 햇살과 담요를 뒤집어쓰는 암흑의 시절을 이겨낸
다. 이때 메주는 스스로 미래가 되는 태아이고, 거듭 태어나려
는 질그릇 사람이다. 시인은 질그릇 사람을 이렇게 말한다.

누구에게나 복병이 숨어서 기회를 엿보고

지병을 한둘은 짊어지고 있음이니

있는 그대로 받아들일 때 길이 보일 터,

아픔과 인내로부터 도망하지 마라

그것은, 생명이 선택한 방법이니

– 「취급주의# 요하는 질그릇 사람」 중에서

　변화를 받아들이는 것에는 고통이 따르지만 생명이 선택한 방법이다. 변화하고자 하는 것은 아픔을 견디며 도망가지 말아야 한다. 도망하지 말아야 할 것은 메주도 마찬가지다. 메주의 본분에 충실하는 것, 이것이 메주의 덕이다. 메주는 제 마음을 다스리고 제 몸을 닦은 뒤 비로소 메주가 아닌 다른 이름으로 태어날 수 있다. 그것은 『도덕경』 제10장에 나오는 노자의 성찰을 떠올리게 한다. "혼에다 백을 실어 하나로 안고, 떨어지지 않게 할 수 있는가?[載營魄抱一, 能無離乎·]" 혼魂에 백魄을 실어 혼백으로 살아난다.

　이때 혼백은 넋이다. 넋이란 죽어도 죽어지지 않는 생명이다. 메주는 어떻게 죽어도 죽지 않는 생명으로 살아나는가?

눈 감고 귀 닫고 마음을 유혹하는 오색伍色, 오음伍音, 오미伍味를 멀리해야 한다. 그러면 어떻게 마음을 잘 다스릴 수 있는가?『태상노군양생결太上老君養生訣』에 따르자면 여섯 가지를 멀리해야 한다. 그것은 이름과 이익, 좋은 소리와 여색, 재물, 재매, 번지르르한 말과 망령된 행동, 질투심 따위다. 그것을 물리치고 제 마음을 잘 기르는 것이 양생이다. 모든 시는 제 경험과 상상이 뒤섞인 자서전이다. 이 시는 땅 → 하늘 → 땅으로 이어지는 변증법적인 여정의 동선動線을 보여주는데, 시가 상상적 자서전이라는 맥락에서 「메주」를 읽으면 그 동선은 자아가 심오에 이르는 한 과정에 대한 상징임이 또렷해진다. 이 시는 메주에 대한 노래가 아니라 메주를 빌려 제 삶의 수신과 양생에 대한 노래인 것이다. 메주는 손가락이고 그것이 가리키는 달은 의미론적 단위에서 무르익은 자아의 표상이다.

정재분은 1954년 대구에서 태어난 시인이다. 정재분의 시는 일견 범속한 듯 보이지만 군데군데 창의가 번뜩인다. 단순화하자면 창의란 A를 입력해서 A′를 인출하는 것이 아니라 B나 C를 인출하는 것이다. 입력에 대한 특이한 인출이 창의의 바른 뜻이다.

청진기도 초음파도 들이대지 마라

열 달은 자궁의 일

-「줄기세포」 중에서

이는 범속하지만 누구도 말하지 않은 것을 얘기한다는 점
에서 창의의 발현이다. 2009년에 펴낸 첫 시집 『그대를 듣는
다』에 따르면 시인의 오래된 기억은 여섯 살 때의 기억이다.
겸연쩍이 민가슴을 서너 번 부비다가 개울로 뛰어들거나 홑
치마만 입고 변소에 들어갔다가 부끄러움 때문에 나오지 못
하는 여섯 살 소녀의 성적 조숙은 당돌하다.

땡볕에 몽유하는 개울에서

여섯 살 계집아이

홀라당 벗어 겸연쩍은

민가슴을 서너 번 부비다가

-「낮잠」 중에서

똥 누러 간 사이 장대비가 쏟아지고

낯선 군인이 안마당으로 뛰어들어와

무턱대고 마루에 걸터앉았지

변소에서 나올 수가 없었어

홑치마만 입었거든

오전내내 하늘은 짙푸렀고

영구치가 돋아나느라 근질거렸거든

– 「소나기」 중에서

그 당돌함은 이 무렵에 이미 여자로서의 자아 정체성이 형
성되었음을 암시한다. 이 성적 조숙은 기어코 소녀로 하여금
먼 미래의 시인으로 나아가게 하는 무의식의 동력으로 작용
했을 테다. 2005년 계간지『시안』에 작품을 발표하며 문단 말
석에 이름을 올렸으니, 늦깎이인 셈이다.

은둔의 시간을 열고

밖으로 나온 여자의 배꼽은 이제

바람이 불어도 탈이 나지 않는다

– 「배꼽」 중에서

그토록 오랜 은둔의 세월을 열고 밖을 나온 것은 얕은 숨으

로 연명한다고 할 때의 의미화되지 않은 채 흩어지는 제 덧없

는 삶에 대한 불만이거나 제 안의 열망이 임계치에 이르렀기

때문이었을 것이다. 그 열망의 실체는 무엇이었을까.

저의 질서는 머뭇거렸지만 당신을 마중 나갔어요

– 「나선 계단」 중에서

그 당신은 임이기도 하고, 혹은 절대의 진리거나 '시여, 오

셔요' 할 때의 시이기도 할 테다. 시인은 시에게 간청한다. 그

때 시와 임은 길 잃은 나를 안는다는 점에서 한 몸이다.

시여, 오셔요

– 「숲에 내리는 비」 중에서

이사철

신동옥

이제는 지붕도 처마도 장독도 감나무도 기억에 없다

마당을 나서며 한 걸음에 하나씩 잊은 거다

마침내는 한없이 낮고 푸르렀을 대문만

마치 누이 표정처럼 또렷하다

고개 들면 깨질 듯한 노을 속에 흐리고 성긴 대문 하나

미치도록

정겨운

낯모를

누이를 태우고 나네

치마와 바지를 뒤바꿔 입고 누웠던 날가리는 먼지가 되었으
려나

세상에 없는 빛으로 우리 발목을 감싸던

차고 서늘한 꽃뱀은 어디 잠들었을까

무릎을 맞대고 문고리를 붙안아도 마주 서로 커가는 눈, 누이

담장 너머 너울너울 솟구쳤다 갈앉던 만장을 애써 외면했지
만……

누이가 우리 집이라 말했던 그곳을 떠나고 나는 쉬이 다른
사랑에 빠졌다

떠날 때마다 표정을 바꾸고 뒤태를 바꾸는 파렴치한으로

더는 이 세상에 고향을 두지 않는 족속이 되어버렸다

푸른 대문이 낡으는 하늘을 넘어 거기

노을에 발목을 한 땀 한 땀 담갔다 뺀다

마치 하늘 솔기를 매듭이라도 지으려는 듯.

『웃고 춤추고 여름하라』, 문학동네, 2012.

「이사철」은 이사에 대한 어떤 기억을 쓰고 있다.

이제는 지붕도 처마도 장독도 감나무도 기억에 없다

첫 구절을 보면, 시의 화자는 어린 시절을 보낸 지붕과 처마와 장독과 감나무가 있던 집을 떠난다. 그 집에 대한 기억이 가물가물한 것은 탈기억화가 진행될 만큼 오랜 세월이 흘렀다는 뜻이다. 많은 것이 잊혔지만, 그래도 기억 속에 또렷하게 새겨진 것은 깨질 듯한 노을 속에 남은 한없이 낮고 푸르렀던 대문이다. 이것이 왜 기억 속에 또렷한가 하면, 아마도 붉은 노을/푸른 대문이라는 색채의 대비가 인상적이었기 때문일 것이다.

마침내는 한없이 낮고 푸르렀을 대문만
마치 누이 표정처럼 또렷하다

고개 들면 깨질 듯한 노을 속에 흐리고 성긴 대문 하나

「이사철」에서 중요한 기억의 매개자는 누이다. 누이와 '나'

273

는 어린 시절 고향 집에 대한 기억을 공유한다.

치마와 바지를 뒤바꿔 입고 누웠던 낟가리는 먼지가 되었으
려나
세상에 없는 빛으로 우리 발목을 감싸던
차고 서늘한 꽃뱀은 어디 잠들었을까

이 구절이 말하는 것이 바로 그것이다. 낟가리는 먼지가 되
고, 꽃뱀은 몇 번 허물을 벗으며 자란 뒤 죽었을 것이다. '나'
와 누이가 치마와 바지를 뒤바꿔 입고 낟가리에 누워 놀았던
기억은 차츰 희미해진다. 그 희미해지는 기억 속에도 또렷한
것은 어떤 날카로운 불안이다.

무릎을 맞대고 문고리를 붙안아도 마주 서로 커가는 눈,

시구에 따르면, 고향 집을 떠나기 직전 어린 두 영혼은 점
점 커지는 불안에 떨고 있다. 그 불안은 아마도 가족 중의 누
군가가 죽었기 때문일까? 그 죽음은 어른들의 일로, 어린 두
영혼은 그 일에서 제쳐져 있다. 하지만 그 죽음이 불러일으킨

불안과 두려움은 커서 어린 영혼은 이를 애써 외면한다. 시인은 그 죽음이 누구의 죽음인지 구체적으로 밝히지 않는다. 아무튼 그 누군가의 죽음을 겪은 뒤 시적 화자의 가족은 고향을 떠나 낯선 곳으로 이사를 한다.

　담장 너머 너울너울 솟구쳤다 갈앉던 만장을 애써 외면했지만……

　이사는 삶의 터전을 바꾸는 일일 뿐만 아니라 실존의 맥락에서 보자면 낯익음에서 낯섦으로의 존재 이전이다. 실존주의 철학자의 용어로 바꾸면 실존적 기투(企投)다. 즉 세계－내－존재로의 내던져짐이다. 이때 낯섦은 단지 환경이 새롭다는 뜻이 아니라 새롭게 만나는 자기가 낯설다는 뜻이다. 누구에게나 고향이란 자족적 완전성의 시간이자 원초적 장소다. 고향이 함께 삶, 기억의 풍요와 아름다움, 착함과 이타성, 긴 관계들의 총체라면, 타향은 따로따로 삶, 기억의 가난과 추함, 악함과 이기주의, 짧은 관계들의 총체일 것이다. 고향에서 객지에로의 떠남은 곧 고향의 상실이다. 그 상실은 풍요에서 결핍으로, 고결함에서 속됨으로 나아가는 일이다. 고향을 떠난 자

는 오래된 기억을 박탈당하고, 짧은 기억들에 의지해서 살아
간다.

누이가 우리 집이라 말했던 그곳을 떠나고 나는 쉬이 다른
사랑에 빠졌다
떠날 때마다 표정을 바꾸고 뒤태를 바꾸는 파렴치한으로
더는 이 세상에 고향을 두지 않는 족속이 되어버렸다

고향 상실자들은 쉬이 다른 사랑에 빠지고, 언제든지 표정
을 바꾸고 뒤태를 바꾸는 파렴치한이 될 수 있다. 고향을 떠난
순간부터 우리는 영혼의 순진무구함을 탕진하고 고갈 속에서
허덕이다가 타락한다.

'나'는 어린 누이와 함께 고향에서 그랬듯 순진무구한 놀이
에 빠질 수가 없다. 그것은 낟가리와 같은 환경이 사라졌기 때
문이 아니라 어른이 되어서 어린 시절처럼 놀이의 자유로움
과 백일몽에 자신을 온전하게 던질 수가 없는 까닭이다. 시의
화자는 더는 이 세상에 고향을 두지 않는 족속이 되어버렸다
고 담담하게 술회하고 있지만, 그 말 아래에는 어린 시절의 순

진무구함, 그리고 존재 본질의 시공에서 튕겨나간 자의 짙은 회의와 부끄러움이 숨어 있다.

시인은 함께 고향을 떠났던 '누이'가 그 뒤로 어떻게 되었는지 말하지 않는다. 누이는 영원한 여성적인 것의 원형이다. 누이가 나오는 다른 시편들, 즉 「동복同腹」, 「첫, 월경하는 누이를 씻는 백야의 푸주한」, 「회기回期」 같은 시편들을 겹쳐보면, '나'와 누이는 고향을 떠나면서 부끄러운 몸짓으로 서로가 서로를 쓰다듬고 매만지던 근친상간의 친밀감에서 멀어진다.

> 부끄러운 몸짓으로 서로가 서로를 생식하는
>
> 부르튼 종아리에 돋아나는 실핏줄을 마저 닦는
>
> (중략)
>
> 누이, 머리카락에선 잘 마른 건초향이 풍겼다
>
> 창문턱에 심은 덩굴식물은 사방의 운명을 지시하고
>
> 화분은 꽃대를 들썩여 향기로 가슴을 가득 메운다
>
> (중략)
>
> 모두가 그립겠지만, 떠난다면
>
> 떠나야 한다면, 우린 또 그 끝을 한숨짓겠지

(중략)

고삐와 채찍

찢겨 나풀대는 우단과 레이스

파아란 잉크-빛 등자에 스미는

별, 마치

고요한 제의祭儀와도 같은 흩날림 속에

–「동복」중에서

   머리카락에선 잘 마른 건초향이 풍기던 누이가 '나'를 완전히 떠남으로써 '나'는 누이를 잃는다. '나'는 꼬무락거리는 더러운 짐승의 눈으로, 종루를 빠져나오는 누일 한 번 더 훔쳐보고 떠난다. '우린 또 그 끝을 한숨짓겠지'라는 구절은, 떠남으로써 '나'에게 남은 것은 한숨이라는 것을 말한다. '나'와 누이는 이런 시절의 순진무구함을 잃었기에 죄의 존재로 전락한다. 함께 있는 고삐와 채찍은 그 죄를 단죄하기 위해 필요한 도구들이다. 시집에 있는 한 물음, 즉 '피와 뼈의 창고여, 우리는 어디서 나와 어디로 되돌아가는 것일까'라고 묻는 구절은 이 시집이 고향을 잃어버린 자의, 그 불가능한 실존 가능성을 묻는 절박한 목소리로 생채生彩를 얻고 있음을 보여준다.

278

누이, 누일 유혹한 거지의 이름을 입술에 꼭꼭 짓이길 때

이제는 버려진 담장 아래, 꼬무락거리는 더러운 짐승의 눈으로

종루를 빠져나오는 누일 한 번 더 훔쳐보고 나는 거길 떠났다.

   －「회기」 중에서

부러진 팔다리를 질척이며 가슴이 파헤쳐진 애인을 들쳐 업었어

피와 뼈의 창고여, 우리는 어디서 나와 어디로 되돌아가는 것일까?

헤매는 나에게 좀 더 애틋한 귀로歸路는 없는 걸까?

   －「초파일 산책」 중에서

✎____ 신동옥은 1977년 전남 고흥에서 태어난다. 한양대학교 국문과를 나와 2001년에 대구에서 나오는 시 계간지 『시와반시』 신인상 공모에 시가 당선되어 시인으로 등단한다. 2010년에는 〈윤동주상〉 젊은 작가상을 수상했다. 그는 우리 시의 가장 젊은 전위前衛에 서 있고, 지금까지 시집 두 권을 냈다. 『악공, 아나키스트 기타』와 『웃고 춤추고 여름하라』가 그

것이다. 시들 이면에는 식물적인 퇴락을 거듭하는 아픈 가족
사가 희미한 윤곽을 보여준다.

누인
더러운 입맞춤이 버린 배를 찢고 태어났다. 처마와 서까래
담벼락은 이상하리만치 식물적인 퇴락을 거듭했다.
– 「이복」 중에서

가족들은 고향을 떠나고, 뿔뿔이 흩어져 이산가족이 되고,
어쩐 일인지 '나'는 친인척에게 '싸가지 없는 근본 없는 새끼'
라는 욕설을 듣는다.

―너희 아버지는 쓰레기 새끼야. 차라리 네 동생이 네 아비
이기를 바라라.
―뭐라고요?
―네 아비는 쓰레기라고.
―다시 말해보세요. 아저씨.
―싸가지 없는 근본 없는 새끼
– 「포역庖疫의 무리여, 번개의 섭리를 알고 있다」 중에서

그의 시집은 나쁜 일들과 감당할 수 없는 죽음들, 증오와 악몽들, 그 시난고난한 삶에서 멀리 도망가려는 무의식의 몸짓들을 드러내고 있다. 이 주소가 현재 삶의 자리일까? 아마도 그럴 것이다.

서울시 은평구 신사2동 비단산 산딸기 밭에 첫 시집과 얼음과 밑창이 나간 하이힐을 묻었다
— 「포역의 무리여, 번개의 섭리를 알고 있다」 중에서

신동옥의 두 번째 시집 시들이 보여주는 화법은 한사코 낯설다. 젊은 시인들이 시의 화법을 낯설게 하려는 것은 충분히 이해할 만하다. 모든 시는 표절이거나 혁명, 둘 중의 하나이기 때문이다. 젊은 시인들에게 그 중간 항은 없다. 인습과 관례에 굴종하는 시들, 문법적 질서에 안주하는 시들, 잘 빚어진 서정시들은 어떤 형식으로든지 표절 혐의를 걸 만하다. 반면에 인습과 관례에서 튕겨나가는 시, 기존의 방식들에 대한 반동과 반발을 일삼는 시들, 문법적 질서를 깨는 시들은 혁명을 향해 나가는 시다. 이미 일가를 이룬 시인들 다음에 오는 젊은 시인들은 다른 목소리를 내려고 한다. 전대의 시적 화법을 바꾸고

새로움으로 나가려는 그들의 의지와 노력이 그들의 화법을 낯섦으로, 혁명으로 이끈다.

　이상과 김수영, 이성복과 황지우의 시들만 혁명인 것은 아니다. 서정주와 김영랑도 당대에는 낯설었고, 장석남과 문태준도 당대의 시적 혁명이다. 한국시 최고의 모더니스트로 꼽는 이상과 한국 서정시의 좌장座長 자리에 있는 서정주 사이의 거리는 멀다. 이상의 혁명이 방법적 혁명이라면 서정주와 김지하의 그것은 내용적 혁명이다.

봄봄봄

김형영

다들 살아 있었구나.
너도,
너도,
너도,
광대나물
너도,

그동안
어디 숨어서
죽은 듯
살아 있었느냐.

내일은
네오내오없이
봄볕에 나가
희고 붉은 꽃구름
한번 피워보자.

『시인수첩 2013년 겨울호』, 문학수첩, 2013.

섣달그믐 지나자, 새로운 해가 수평선 위로 불쑥 솟는다. 묵은해가 가고 새해가 온 것이다. 한 해가 지나간 사실을 인지한다는 것은 아직 살아 있다는 뜻이다. 137억 2000만 년 전에 우주는 무에서 탄생했다. 이 우주는 더 거대한 암흑 물질에 감싸여 있다. 무에서 우주가 생긴 그 빅뱅의 순간을 조르주 르메트르Georges Lemaître라는 사람은 "어제가 존재하지 않는 날"이라고 명명한다. 우주가 생기기 전이니 어제도 없었고, 오늘도 없었고, 내일도 없었다. 초, 분, 시, 날, 한 주, 한 달, 한 해 따위의 식별이 아예 없었을 뿐만 아니라 식별이 있었다 해도 아무 의미가 없었을 것이다. 빅뱅으로 무에서 4000억 개의 은하들이 생겨났다. 지구는 그 4000억 개의 은하들 중의 하나에 속하는 작은 별이다. 이 별에 인류가 나타난 것이 20만 년 전이라고 하니, 인류는 지구에서 20만 번 해가 바뀌도록 살아온 것이다.

춘추전국시대의 노나라 제후 양왕 치세 22년째인 기원전 551년 '안징재'라는 젊은 아가씨가 니구산尼丘山에 아들을 갖게 해달라고 기도를 하러 왔다. 그 아가씨는 64세인 한 제후국 재상을 만나 아들을 낳고, 아들에게 '구丘'라는 이름을 지어주었다. 그가 바로 공자孔子다. 그로부터 13년이 지난 뒤 북인도에서 젊은 왕자 석가모니가 왕궁을 나와 들과 거리를 헤매 다니다가 보리수 아래에서 문득 깨달음을 얻고 설교를 시작했다. 기원전 538년, 그때 공자 나이는 열세 살이었다. 같은 시기, 지중해의 많은 섬들 중의 하나인 사모스 섬에서 보석 세공사의 아들로 태어난 피타고라스Pythagoras는 수학과 기하학에서 중대한 정리들을 찾아내고, 우주를 수적인 구조를 지닌 것으로 설명했다. 그는 우주에 대해 음악적 협화음들과 마찬가지로 정수 1, 2, 3, 4로 이루어지는 비율들에 의해 표현될 수 있는 화음을 지닌 것으로 보았다. 우주가 아름다운 것은 수적인 비율로 표현할 수 있는 조화를 이루었기 때문이라고 생각했다. 그 이전의 이오니아 철학자들과는 달리 피타고라스는 신화적인 사고를 벗어나 자연현상을 합리적이고 이성적인 방식으로 설명하고자 했던 최초의 철학자였다.

우리는 공자와 석가모니와 피타고라스의 시대로부터 2553번이나 더 해가 바뀐 뒤 인류 공동체의 일원으로 살아간다. 이 작은 별에서 해마다 누군가는 태어나고 누군가는 죽는다. 2015년 통계청이 발표한 기준에 따르면 한반도 남쪽에서 2014년에 새로 태어난 사람은 43만 5300명이고, 생을 마감한 사람은 26만 8100명이다. 살아 있는 자들은 누구나 먹고 마시고 자고, 더 중요하거나 덜 중요한 일들을 한다. 누군가는 연애를 시작하고, 누군가는 사랑하던 사람과 헤어진다. 누군가는 취직자리를 구하고, 누군가는 정년을 채우고 직장에서 퇴직한다. 누군가는 암에 걸리고, 누군가는 암을 치료한다. 누군가는 나무를 심고 누군가는 나무를 베어낸다. 누군가는 벽과 지붕을 허물고, 누군가는 애써 벽을 쌓고 지붕을 올린다. 누군가는 새로 프로구단에 지명을 받아 입단하고, 누군가는 구단에서 방출되거나 은퇴를 한다.

우리는 저마다 다른 곡절과 사연을 거느리고 '오늘'에 도착한다. 오늘에 이른 사람들의 공통점은 살아 있다는 점이다. 다들 살아 있었구나! 너도, 너도, 너도 살아 있다니! 참 반갑구나! 이것은 살아 있음의 새삼스러운 의미와 가치에 대한 발견이고, 까마득히 잊고 있던 살아 있는 기쁨의 되찾음이다. 죽음이 오기 전까지 견디고 살아야만 하는 게 태어난 자의 당연한 의무라면 살아 있다는 사실이 그토록 감격할 만한 일인가? 아니다. 매 순간 살아 있음은 세상과의 싸움에서 승리했다는 징표다. 우리는 한 번만 태어나는 게 아니다. 삶은 어떤 순간마다 늘 새롭게 태어나기를 요구한다. 그 요구에 부응했기에 살아 있는 것이고, 살아 있기 때문에 새해를 맞는다. 살아서 타인들과 반가움 속에서 만나는데, 내 눈동자 안에 들어오는 너는 실은 나를 자신의 눈동자 속에 비추게 하는 자다. 서로의 눈동자 속에서 '나'는 '너'고, '너'는 '나'다. 결국 '나'는 또 다른 '너'에 지나지 않는다. 그러니 너의 살아 있음과 나의 살아 있음은 동질이고, 하나의 의미로 묶인다.

사람들은 배타적 존재로서의 소아小我, 그 파편화된 존재가 '나'라고 믿는다. 정말 그럴까? 야니스 콩스탕티니데스Yannis Constantinidès는 『유럽의 붓다, 니체』에서 우리가 '나'라고 믿는 그 자아라는 것이 "실상 잡다한 작용들의 집합"이고, "우리 안에 본래적이며 개인적으로 존재하는 것이라고 믿는 것은 사실 우리의 할아버지들과 아버지들이 느끼고, 바라고, 생각했던 것의 창백한 반영"일 뿐인지도 모른다고 말한다. '나'는 유일무이한 존재이면서 그런 한에서 우주와 홀로 마주선 고독자이지만, 다른 한편으로 '나'는 무수한 '너'의 변주이기도 하다. '나'는 일즉다一即多이자 다즉일多即一이다. 겨우내 그

것들은 어디엔가 숨어 있다. 역경과 고난의 시기에 제 존재를 한없이 웅크리며 견디던 날들. 봄은 그렇게 어디엔가 죽은 듯 숨을 죽이고 있던 것들이 일제히 생명의 찬가를 부르며 깨어나는 시기다.

그동안
어디 숨어서
죽은 듯
살아 있었느냐.

시인은 묻지만, 물음의 형식을 취하고 있는 이 구절에는 치밀어 오르는 감동이 스며 있다. 숨어서, 죽은 듯, 지냈던 것은 그 칩거와 굴종이 좋아서가 아니었다. 곰팡이나 이끼류들은 숨어서, 죽은 듯, 생을 도모한다. 숨어서, 죽은 듯, 생을 도모하는 것은 자기의 힘만으로 살아야 하는 약한 자의 숙명이고, 그 생존법이다. 약육강식의 경쟁에서도 너끈히 살아남는 강자들뿐 아니라, 겨우 숨어서, 죽은 듯, 살아온 우리도 살아서 '오늘'에 도착한다. 강한 자여서 살아남은 게 아니라 살아남았기 때문에 우리는 강자다. 숨어서, 죽은 듯, 모지락스럽게 살아남아 오늘을 맞은 우리는 강자다. 『위대한 개츠비』의 작가 프랜시스 스콧 키 피츠제럴드Francis Scott Key Fitzgerald는 "인생에는 오직 쫓기는 자와 쫓는 자, 분주한 자와 지친 자만이 있을 뿐이다"라고 했다지만, 사실 우리는 쫓기는 자이면서 동시에 쫓는 자이고, 분주한 자이면서 지친 자가 아니던가!

누리에 빛과 온기가 두루 퍼진다. 삭풍이 그치고 얼음이 녹는다. 땅속에서 싹이 나오고, 죽은 듯 보이던 나뭇가지에서 잎눈이 튼다. 봄은 혹한을 견디고 살아남은 생령生靈들에게 자연이 주는 선물이고 축복이다. 동토에서 씨앗은 싹을 틔우고, 생령들은 생육과 번성의 일로 분주해진다. 그게 자연의 원리다. 시인은 봄이 오면 벅찬 회동을 하자고 제안한다.

내일은
네오내오없이
봄볕에 나가
희고 붉은 꽃구름
한번 피워보자.

나남의 분별없이 생명이라는 한 덩어리를 이루어 봄볕을 쬐고 꽃구름을 피워보자는 이 청유에는 생명의 숭고함과 더불어 생명이 품은 벅찬 환희가 고스란히 드러난다. 우리는 생령들이니, 꽃을 피워야 마땅하다. 오늘을 견디고 살아남았으니, 내일은 꽃피워도 좋을 권리가 주어지는 것이다. 오는 봄은 곧 가는 봄이다. 내일 애인과 함께 꽃등심을 사먹고, 봄비가 키우는 고요에 귀를 기울이려면, 부디 살아 있으라! 봄비 속에서 작약과 모란이 꽃망울 터뜨리는 그 경이와 조우하려면, 부디 죽지 말고 살아 있으라!

✏ ___ 김형영은 1944년 전북 부안에서 태어났다. 서라벌대학교 문예창작과를 나와 시를 썼다. 1966년『문학춘추』로 문단에 등단했으니, 시를 쓰고 산 지 어느덧 마흔 해하고도 아홉 해를 더 꼽아야 한다. 그 긴 세월을 시에 헌신하고 시로 초지일관했다. 지금까지 시집 『다른 하늘이 열릴 때』,『기다림이 끝나는 날에도』,『모기들은 혼자서도 소리친다』,『새벽달처럼』,『홀로 울게 하소서』,『침묵의 무늬』,『낮은 수평선』『나무 안에서』,『땅을 여는 꽃들』 등을 펴냈고, 〈현대문학상〉, 〈한국시인협회상〉 등을 수상했다. 그는 혈액과 관련된 병을 오래 앓

았다. 그 병마저 늠름하게 떨치고 일어나 요즘에도 왕성한 시작 활동을 펼친다. 새로 도착한 문학잡지 두어 지면에서 그의 시를 만나니, 퍽 반갑다. 아주 가끔 그를 만나는데, 그때마다 그는 여전히 후덕한 웃음을 잘 웃는 좋은 선배다. 시로 올곧게 제 삶을 세워온 선배의 모습은 늘 존경스럽다.

안식일

신미나

여름 성경학교가 시작되었다

옷장을 열었다가 그냥 닫고

교복 치맛단을 접어 입었다

매미 껍데기가 나무에 붙어 있었다

칼로 가른 듯

등이 반으로 갈라져 있다

서울에서 온 목사님은

보이지 않는 것을 믿으라 했다

그것이 믿음이라 했다

마지막 나팔이 울리는 날
신도들이 천국으로 올라간다는 말은
아름답고 무서웠다

엄마한테 얘기했지만
쪼그려 앉아 마늘만 깠다
물에 불린 마늘 껍질이 쏙 빠졌다

우리도 천국에 갈 수 있습니까
이곳에서 천국은 얼마나 멉니까

동생이 혀를 동그랗게 말아
침방울을 날리는 사이
여름이 갔다

『싱고, 라고 불렀다』, 창비, 2014.

「안식일」은 시인의 내면에 깊이 팬 자국을 남긴 어느 해 여름의 이야기를 들려준다. 여름 성경학교가 시작되고, 소녀는 서울에서 온 목사님에게서 설교를 듣는다.

마지막 나팔이 울리는 날
신도들이 천국으로 올라간다는 말은
아름답고 무서웠다

소녀는 가본 적이 없는 천국에 대해 호기심과 의문을 동시에 품는다. 이 세상은 둘로 나뉘어 있다. 저기와 여기, 보이는 것과 보이지 않는 것, 천국과 천국 아닌 곳, 목사의 세계와 엄마의 세계가 그것이다. 보이지 않는 것을 믿으라는 목사가 속한 세계는 서울과 천국이고, 이것들은 미지를 머금고 있다. 잘알 수 없는 것들은 동경과 매혹, 더러는 두려움의 대상이지만 소녀는 쪼그려 마늘만 까는 엄마의 세계에 속해 있다.

소녀는 목사가 여름 성경학교 설교에서 얘기한 그 '아름답고 무서운' 말들을 엄마에게 달려와 보고한다. 소녀가 엄마에게 그 얘기를 하는 것은 이 알 듯 모를 듯한 이야기의 진실성을 추인받으려는 무의식적 욕망 때문이다. 하지만 낯선 것에 매혹되고 미지의 앎에 유혹된 이 순수의 시간은 생활 세계의 맹주 자리를 차지하고 있는 엄마에 의해 깨진다. 이 엄마는 아버지가 휘두르는 삽에 맞고, 화장을 하지 않고, 생쌀을 먹는 언니에게 '지 에미 잡아먹을 년' 하고 역정을 내는 그 엄마다.

묘의 상자 속에는
문방구에서 훔친 종이 인형이 있고
엄마를 삽으로 때리던 아버지가 있고
정글짐 꼭대기의 해가 타고 있다
－「묘의 함函」 중에서

왜 엄마는 화장을 하지 않고
도시로 간 언니들은 오지 않을까
가끔 뺨을 맞기도 했지만 울지 않았다
－「연」 중에서

아버지가 비운 소주병이 피라미드처럼 쌓였다 언니는 입이 심심하면 생쌀 먹는 버릇이 생겼다 생쌀을 먹으면 엄마가 일찍 죽는다는데 언니는 어쩌자고 그럴까 지 에미 잡아먹을 년, 엄마가 역정을 내면 물에 불린 생쌀을 소리 안 나게 퍼먹었다

   - 「윤달」 중에서

아버지에게 맞고 화장을 하지 않는다고 해서 생활 세계의 맹주라는 위엄과 지위가 사라지는 것은 아니다. 마늘을 까던 엄마는 아무 대답도 없이 쪼그려 앉아 마늘만 까는 것으로 소녀의 물음에 대한 대답을 대신한다. 삶과 죽음의 굴레에서 벗어나 천국으로 이끌린다는 기독교의 복음은 엄마의 묵묵부답으로 단박에 시답지 않은 것으로 뭉개진다. 어느 여름 시골 촌구석에 벌어진 이 서사적 사건은 소녀의 내면생활에서 중요한 실존적 계기가 되었을 것이다. 소녀는 심심하고 단순성만으로 찬란한 이 세계가 실은 천사들의 나팔소리와 함께 산 사람들이 천국으로 올라가는 놀라운 기적의 세계일 수도 있다는 것, 즉 알 수 없는 경이로움과 의미를 풍부하게 머금은 불가사의한 세계라는 사실에 처음 눈을 뜬다.

여름이 끝남과 동시에 여름 성경학교는 문을 닫는다. 목사는 다시 서울로 돌아가고, 여름 내내 느티나무에서 극성스럽

게 울던 매미는 죽어 등이 반으로 갈라진 껍데기로 남았다. 소녀가 속한 왕국은 목사의 설교로 생긴 파문이 가라앉으며 심심함이라는 본래의 질서를 되찾는다. 봄에 씨앗을 뿌리고, 가을에 수확하고, 가을이 가면 겨울이 오는 이 왕국은 마늘을 까는 촌부의 눈과 손에 의해 보살핌을 받는다. 보리가 패고 느티나무에서 매미가 울고, 땅은 여전히 감자를 내주고 마늘을 내주겠지만 소녀의 가슴에는 커다란 형이상학적 의문이 흉터처럼 남는다.

우리도 천국에 갈 수 있습니까
이곳에서 천국은 얼마나 멉니까

이 의문의 핵심은 심심하고 단순한 세계인 시골과 천국 사이의 거리에 있다. 그 거리는 거의 무한대다. 소녀가 우주의 광대무변함을 인지하는 순간 더 이상 자신이 촌부가 세계의 모든 것을 주무르고 관장하는 왕국으로 돌아갈 수 없음을 깨닫는다. 이미 먼 것에 대한 유혹에 마음을 빼앗기고 그것에 대한 동경이 자라난 탓에 소녀는 예전의 세계에 머무르지 못하고, 먼 세계로 튕겨져 나갈 것이다.

드라마에 나오는 소매치기들은 얼마나 예쁜가

－「소매치기는 예쁘다」 중에서

먼 곳과 거기 사는 사람에 대한 동경을 품고 토끼 밥 주러 자연학습장에 가던 시골 소녀는 어느덧 나이를 먹고 젖무덤이 부풀어 올라 여인으로 성장한다. 바로 미아삼거리 지하도 입구를 서성이고, 길음동을 떠도는 바로 그 여자가 옛날의 그 소녀일 것이다.

「안식일」은 어느 여름에 겪은 사건의 종말에 대해 조곤조곤 들려주는데, 그 사건의 중심에는 미지의 것에 대한 매혹과 두려움을 나타내는 순수의 시간이 있고, 계절이 바뀌며 끝나는 한 시절의 종말에 잇대어 있다. 여름 성경학교라는 무대를 중심으로 서울에서 온 목사님, 엄마, 동생이 등장하는 실존의 드라마가 주르륵 펼쳐진다. '목사님'은 삶과 죽음, 이승과 천국에 대한 새로운 이해의 지평선을 제시하는데, 이때 목사는 미지의 곳에서 온 사람일 뿐만 아니라 보이지 않는 것을 믿으라 하고, 마지막 나팔이 울리는 날 신도들이 천국으로 올라간다는 낯선 앎을 퍼뜨리는 외래인이다.

서울에서 온 목사님은

보이지 않는 것을 믿으라 했다

그것이 믿음이라 했다

마지막 나팔이 울리는 날

신도들이 천국으로 올라간다는 말은

아름답고 무서웠다

외래인은 존재 자체만으로 호기심과 설렘의 대상이다. 이
낯선 존재와 그가 퍼뜨리는 낯선 앎이라는 두 겹의 혼돈 속에
서 소녀는 지각^{知覺}의 균열과 함께 자신이 속한 세계의 찬란한
단순성이 깨지는 경험을 겪는다. 소녀들은 그 시간의 윤무^{輪舞}
속에서 쑥쑥 자란다.

어디 먼 데로 가고 싶었으나 그러지 못했다
– 「연」 중에서

가끔씩 뺨을 얻어맞고 꿈속에서 울며, 먼 데로 가고 싶었으
나 그러지 못했던 시절은 끝난다. 엄마는 더 이상 생활 세계의

300

맹주가 아니다. 다 자란 소녀의 눈에 엄마는 벌레만큼 작다. 소녀는 그 엄마를 가여워하며 말한다.

엄마, 왜 이렇게 작아진 거야
엄마의 목소리는
너무 작아서 들리지 않는다

다음 생에서는
엄마로 태어나지 말아요
— 「낮잠」 중에서

✎___ 신미나는 1978년 충남 청양에서 태어났다. 태어난 곳은 절기에 맞춰 석류꽃 피고 지고, 까마귀 떼가 울면 마을에 흉사가 생기려나 염려하며, 해 질 녘이면 아낙네들이 부엌에서 밥물을 안치는 시골이다.

도시로 간 언니들은 오지 않을까
가끔 뺨을 맞기도 했지만 울지 않았다
— 「연」 중에서

산달 못 채우고 태어난 언니는 홍반을 앓았다

젖니가 오르기도 전의 일이다

― 「다섯째 언니」 중에서

열일곱에 여공이 된 큰언니가

서울로 가는 직행버스를 타던 날도 그랬다

― 「입동」 중에서

　이러한 시구로 유추하자면, 시인은 딸이 여럿인 집에서 태어났다. 딸이 여럿인 집이라 딸이라고 특별히 귀염을 받을 수있는 처지는 아니었으리. 아기가 죽으면 항아리에 넣고 파묻는 산자락 아래 마을에서 어미 소가 새끼를 낳고 이내 무릎을꿇는 것을 보며 자랐다. 10년 넘게 기르던 개가 집을 나가 돌아오지 않고, 문득 도시로 나간 언니들의 안부를 궁금해했다. 소녀는 어디 먼 데로 가고 싶었으나 그러지 못 한 채 머리 감고 논길로 나가 볏짚 탄내를 맡으며 걷는 게 고작이었다. 가끔 뺨을 맞았지만 울지 않던 구박덩이 시골 소녀가 자라 시인이되었다. 2007년 《경향신문》 신춘문예에 시가 당선되어 문단에 나오고, 2014년 첫 시집 『싱고, 라고 불렀다』를 펴냈다.

우리는 겨우 숨어서, 죽은 듯, 살아서 '오늘'에 도착한다.
강한 자여서 살아남은 게 아니라
살아남았기 때문에 우리는 강자다.

바람 한 줄기

이경임

바람 속엔 헤아릴 수 없는 냄새와 소리와

얼룩과 소문들이 있다

높은 산맥을 넘은 후 평지에 도달한 바람 속엔

무無가 있다

이 바람은 무겁다

이 바람은 무겁지 않다

이 바람의 몸속엔 한 방울의 물기도 없다

없는 눈물이 가득 차오르면

메마른 나뭇가지에 새순이 돋는다

없는 사랑이 가득 차오르면 바보처럼 자주 웃는다

꽃들은 텅 빈 나무의 엔진이다

겨울이 지나가면 작란(作亂)이 다시 시작된다

바람 속엔 다시 엔진 돌아가는 소리가 그득하고

이 낮은 지상은 신음 소리들로 가득 채워진다

『겨울 숲으로 몇 발자국 더』, 문학과지성사, 2011.

신화적으로 해석하자면 바람은 우주의 숨과 기운이다. 역동성과 의지의 상징이기도 하다. 시에서 바람의 용례는 다양하다. 바람은 자아의 성장을 돕는 야성적이고 충동적인 기운이거나, 양심을 자극하는 기미이거나, 말과 메시지를 전달하는 그 무엇이다. 발레리가 『해변의 묘지』에서 "바람이 분다!⋯⋯ 살아봐야겠다!"라고 말한 것처럼 생의 의지를 타오르게 하는 우주의 리듬이기도 하다.

나를 키운 것은 팔 할이 바람이다

— 서정주, 「자화상」 중에서

죽는 날까지 하늘을 우러러

한 점 부끄럼이 없기를

잎새에 이는 바람에도

나는 괴로워했다

— 윤동주, 「서시」 중에서

가끔 바람 부는 쪽으로 귀 기울이면

(중략)

아득하게 멀리서 오는 바람의 말을.

– 마종기, 「바람의 말」 중에서

이경임의 바람은 형체가 없다. 형체가 없다고는 하나 그 바람 속에는 냄새와 소리, 얼룩과 소문들이 있다. 많은 삶의 복작거림에서 빚어진 그 무엇들.

높은 산맥을 넘은 후 평지에 도달한 바람 속엔
무無가 있다

바람의 궁극은 무無다. 무로 귀착하기 때문에 그것은 삶과 닮아 있다.

이 바람은 무겁다
이 바람은 무겁지 않다

이경임의 시에서 상호 모순되는 이런 문장의 병렬은 인상적이다. 거의 모든 시편에 이런 구절이 들어 있다. '~이다'와 '~아니다'의 반복들. 이 반복들은 우리 삶이 세워진 바탕이

상호 모순으로 가득 차 있는 세계임을 말한다. 이 세계 인식은 집요하면서도 무심하고, 끝없이 되풀이됨으로써 강박증적임을 암시한다.

> 이 개미들은 나 같다
> 이 개미들은 나 같지 않다
> – 「냄새」 중에서

> 이 새는 말랑말랑하다
> 이 새는 말랑말랑하지 않다
> – 「고독」 중에서

> 곡예사는 그네를 버린다
> 곡예사는 그네를 버리지 않는다
> – 「곡예사」 중에서

> 어둠이 숲을 채우면 이 숲은 무겁다
> 어둠이 숲을 채우면 이 숲은 무겁지 않다
> – 「겨울 숲으로 몇 발자국 더」 중에서

이 꽃은 물 위에 떠 있다

이 꽃은 물 위에 떠 있지 않다

— 「비밀」 중에서

이 잡초는 관습적이다

이 잡초는 관습적이 아니다

— 「길거리에 핀 이름 모를 잡초」 중에서

이 사람의 외투는 명품이다

이 사람의 외투는 명품이 아니다

— 「꿈의 해석」 중에서

이 거미는 무겁다

이 거미는 무겁지 않다

— 「죽음에 대한 명상」 중에서

이 영화의 제목은 종착역이다

이 영화의 제목은 종착역이 아니다

— 「종착역」 중에서

한 방울의 물도 품지 않은 바람은 그 메마름 때문에 생명에 아무 도움도 되지 않는다. 아무것도 없음, 혹은 텅 빔은 현재적 고갈을 드러내지만, 바로 그렇기 때문에 무언가를 채울 수 있는 가능성의 개시이기도 하다.

이 바람의 몸속엔 한 방울의 물기도 없다

없는 눈물이 가득 차오르면
메마른 나뭇가지에 새순이 돋는다
없는 사랑이 가득 차오르면 바보처럼 자주 웃는다

물은 메마름을 적시고 생명은 회귀한다. 사랑은 물과 같다. 메마른 가슴을 적셔 생명의 약동을 가져온다. 웃음은 마음의 경직에 대한 반동이다. 증오와 공포와 역겨움 따위가 마음이 경직하는 원인이 되었을 테다. 그 눌려서 주눅이든 마음이 웃음으로 말미암아 펴진다. 웃음이야말로 증오와 공포와 역겨움을 이겨낸 생명의 가장 큰 약동이 아닌가!

웃는 자는 역경을 넘어선 자다. 그는 저를 둘러싸고 있는 세계를 바꾼 자, 아울러 스스로 변화한 자다. 니체의 『차라투스트라는 이렇게 말했다』의 한 대목. 젊은 양치기의 입속으로 뱀이 기어 들어가 목구멍을 꽉 물었다. 뱀을 잡아당겨도 꼼짝하지 않는다. 양치기는 그 위험에 어떻게 대처했는가. 차라투스트라는 이렇게 외친다. "대가리를 물어뜯어라! 물어뜯어라!" 양치기는 뱀의 대가리를 단숨에 물어뜯는다. 뱀 대가리를 멀리 뱉어내고는 벌떡 일어난다. 풀도 자라지 않고 나무 한 그루도 없고 새소리 하나 들리지 않는 황량한 골짜기를 헤매던 양치기는 제 목구멍을 꽉 문 뱀 대가리를 물어뜯은 뒤 다시 일어선다. 그 양치기는 더 이상 예전의 그 양치기가 아니다. 그는 "변화한 자, 빛으로 감싸인 자가 되어 웃고 있었다!" 이경임 시의 화자는 무無라는 황량한 골짜기에 있다. 그는 제 목구멍을 꽉 문 뱀 대가리, 니체가 말한 그 "더없이 무겁고 검은 온갖 것"을 뱉어내고자 한다. 자기를 이긴 자는 운명의 전환을 이룬다. 그는 웃음을 되찾고 약동한다.

꽃들은 텅 빈 나무의 엔진이다

겨울이 지나가면 작란作亂이 다시 시작된다

'꽃들'이란 텅 빈 나무의 생명이 약동한 결과가 아닐까. 꽃들은 곤경에 빠졌다가 되살아난 양치기의 환한 웃음이 아닐까. 양치기의 얘기는 하나의 우화고 수수께끼다. 양치기의 목구멍을 물어뜯은 뱀은 무엇인가. 그것은 인류사에 불행을 초래하는 추악한 인간들의 영원 회귀를 상징한다. 또한 니체는 "사람에 대한 크나큰 권태, 그것이 나의 목을 조여왔으며 내 목구멍으로 기어 들어왔다"고 말한다. 그 추함과 더러움이 역겨움을 낳는다. 그러나 "역겨움, 그것이 바로 날개와 샘처럼 용솟음치는 힘을 창조해낸다!"고 덧붙인다. 자기를 극복하려는 의지를 가짐으로써 사람은 비로소 사람이다. 병든 자, 고갈된 자도 자기를 넘어서려는 의지를 갖는다. 살아 있기 때문이다. 생명이 있는 곳에만 생명의 의지가 피어나는 것이다.

바람 속엔 다시 엔진 돌아가는 소리가 그득하고
이 낮은 지상은 신음 소리들로 가득 채워진다

겨울이 지나면 죽은 듯 보였던 나무는 다시 생명의 약동으로 꽃들을 피울 채비를 한다. 즐거운 '작란', 즉 생명의 약동이 다시 시작되는 것이다.

🖊 ___ 이경임은 1963년 서울에서 태어났다. 서강대학교 영문학과와 전남대학교 대학원 영문학과를 졸업했다. 1997년 《동아일보》 신춘문예에 시 「부드러운 감옥」이 당선되어 문단에 나왔다. 첫 시집 『부드러운 감옥』이 있고, 『겨울 숲으로 몇 발자국 더』는 두 번째 시집이다. 같은 해에 산문집 『마음을 치유하는 영혼의 약상자』도 냈다.

> 잠시 통증은 고요한 향연
> 나쁜 꿈이 없는 광활한 물질 속으로 스며든다
> ─「하늘」 중에서

이경임의 시집을 읽다가 이 구절에 눈길이 멎는다. 오랫동안 통증에 시달리며 고갈되는 경험을 갖지 않았다면 이런 구절은 나오기 어렵다. '무無의 매혹'에 마음이 매여 있는 이경임의 상상력은 구체적인 것에서 추상적인 것으로, 형상이나 형체에서 무형의 것으로 움직인다. 그것들은 허물어지고, 스미고, 떠돌고, 날아간다.

> 그곳은 도돌이표를 표지 삼아

밀물과 썰물이 끊임없이 되풀이되는 곳

그곳에서 모든 형상들은 흐물흐물 녹아버린다

－「네가 없는 곳」 중에서

결국 형상들은 무_無의 광활한 구멍 속으로 사라진다.

재의 향기는 흙 묻은 날개들의 속삭임을 거느리고

마침내 텅 빈 구멍 속으로 빨려 들어간다

－「꽃씨에 대한 명상」 중에서

그것은 고작해야 '나쁜 꿈'에 지나지 않는다. 이경임의 시
들은 그 '나쁜 꿈'이 흘리고 간 이삭줍기와 같은 것이다.

도장골 시편–민달팽이

김신용

냇가의 돌 위를

민달팽이가 기어간다

등에 짊어진 집도 없는 저것

보호색을 띤, 갑각의 패각 한 채 없는 저것

타액 같은, 미끌미끌한 분비물로 전신을 감싸고

알몸으로 느릿느릿 기어간다

햇살의 새끼손가락만 닿아도 말라 바스라질 것 같은

부드럽고 연한 피부, 무방비로 열어놓고

산책이라도 즐기고 있는 것인지

냇가의 돌침대 위에서 오수午睡라도 즐기고 싶은 것인지

걸으면서도 잠든 것 같은 보폭으로 느릿느릿 걸어간다

꼭 술통 속을 빠져나온 디오게네스처럼

물과 구름의 운행運行 따라 걷는 운수납행처럼

등에 짊어진 집, 세상에게 던져주고

입어도 벗은 것 같은 납의衲衣 하나로 떠도는

그 우주율의 발걸음으로 느리게 느리게 걸어간다

그 모습이 안쓰러워, 아내가 냇물에 씻고 있는 배추 잎사귀 하나를 알몸 위에 덮어주자

민달팽이는 잠시 멈칫거리다가, 귀찮은 듯 얼른 잎사귀 덮개를 빠져나가버린다

치워라, 그늘!

『도장골 시편』, 천년의시작, 2007.

민달팽이를 바라보며 그이는 저 노숙 시절 천애 고아로 떠돌던 나날들을 겹쳐 보았을지도 모른다.

등에 짊어진 집도 없는 저것
보호색을 띤, 갑각의 패각 한 채 없는 저것
타액 같은, 미끌미끌한 분비물로 전신을 감싸고
알몸으로 느릿느릿 기어간다

민달팽이의 느린 걸음은 이 드센 경쟁사회에서 가장 취약한 자의 걸음이다.

하반신에 고무타이어를 댄 그림자가 느릿느릿 기어온다
ㅡ「도장골 시편ㅡ폭설」 중에서

민달팽이의 걸음은 하반신을 잃은 불구를 가진 이의 이동 속도와 겹쳐진다. 이 느릿느릿한 속도로 이동할 수밖에 없는 자들의 노마디즘nomadism 은 눈물겹다. 민달팽이는 사회의 주류적 흐름에서 이탈한 소수자다. 차별받는 가난한 사람, 장애인, 흑인, 여성, 유대인, 자이니치, 동성애자, 이주 노동자, 양심적 병역 거부자가 바로 민달팽이들이다. 소수자란 다수자의 지배적 척도에서 탈주한 자들이다. 다수자란 양적인 과잉이 아니라 표준의 권력을 틀어쥔 상태를 말한다.

사회의 주류에서 벗어난 소수자들은 다수자들의 척도에 의한 억압과 소외와 차별이 일상화된 세계에서 산다. 소수자들이 쓰는 역사는 차별과 추방과 떠돎과 학대와 죽음의 역사다. 소수자들은 어디에 있든지 간에 디아스포라다. 다수의 척도에서 이탈한 순간 소수자들에게 디아스포라의 운명이 굴레처럼 덧씌워진다. 그들은 남성 세계 속의 여성이고, 게르만 인종 사이의 유대인이고, 백인 속의 흑인이고, 내국인 속의 이주 노동자이고, 일본인 속의 재일 조선인이고, 정규직 속의 비정규직 노동자들이고, 이성애자 속의 동성애자이고, 병역 의무를 강제하는 사회 속에서의 양심적 병역 거부자들이다. 소수자의 쓰라린 기억을 갖고 있는 시인은 아무런 자기 보호 장치를 갖지 못한 채 추방당한 민달팽이라는 디아스포라에 주목한다. 다수자는 어디에나 있기 때문에 다수자는 아무도 아닌 자nobody다. 그래서 눈에 띄지 않는다. 소수자는 어디서나 가장 먼저 표 나게 드러난다.

햇살의 새끼손가락만 닿아도 말라 바스라질 것 같은

부드럽고 연한 피부, 무방비로 열어놓고

민달팽이는 햇살에 부드럽고 연한 피부가 무방비로 노출되는 순간 말라 바스라질지도 모른다. 생존의 압력으로 하루하루를 전전긍긍하며 이어가던 저 먼 기억을 불러일으키고 무의식에서 서로의 처지를 동일시했던 민달팽이에게 쏟던 연민의 시선은 곧 거둬진다. 처처재불處處在佛! 부처가 따로 없다. 민달팽이가 부처고, 부처가 민달팽이다. 민달팽이의 느릿느릿한 걸음은 온몸 던져 가는 자발적 고행의 길이 아닌가! 저 처사를 무주택자라고 함부로 업수이 여길 일이 아니다. 묵언 정진하는 수행이 깊은 선사다! 그이의 삶에 여유가 생기자 만물을 보는 눈에도 변화가 생긴다. 그이가 극단적인 곤핍에서 벗어났다는 증표일 것이다.

꼭 술통 속을 빠져나온 디오게네스처럼

물과 구름의 운행運行 따라 걷는 운수납행처럼

민달팽이의 느릿한 걸음에서 디오게네스Diogenes의 갈짓자

319

걸음과, 탁발승의 무소유로 자유로운 운수납행의 걸음이 보인다. 민달팽이의 느릿한 발걸음은 장애에서 비롯된 지체遲滯도 아니요, 우주의 아기가 제 생명의 리듬에 따라 열반을 향하여 나아가는 장엄한 우주율의 발걸음이다.

그 우주율의 발걸음으로 느리게 느리게 걸어간다

민달팽이의 걸음은 느려서 가도 간 듯하지 않고 지지부진遲遲不進인 듯 보이지만, 느린 그 걸음은 의연한 우주적 생명의 걸음이다. 과연 민달팽이의 가는 길은 당당하다.

그 모습이 안쓰러워, 아내가 냇물에 씻고 있는 배추 잎사귀 하나를 알몸 위에 덮어주자
민달팽이는 잠시 멈칫거리다가, 귀찮은 듯 얼른 잎사귀 덮개를 빠져나가버린다

민달팽이는 제 알몸을 덮는 배추 잎사귀 하나를 떨쳐버리고, 제 갈 길을 가는 것이다. 봐라, 노자가 『도덕경』 제41장에서 무엇이라고 말하는가를. "밝은 길은 어두운 듯 하고, 나아

가는 길은 물러나는 듯하고, 평탄한 길은 울퉁불퉁한 듯하다. 가장 높은 덕은 골짜기 같고, 가장 흰빛은 검은빛 같고, 가장 큰 덕은 부족한 듯하고, 건실한 덕은 게으른 듯하다. 가장 참된 덕은 변질된 듯하고, 가장 큰 사각형에는 모서리가 없고, 가장 큰 그릇은 완성되지 않으며, 가장 큰 음에는 소리가 없다[明道若昧, 進道若退, 夷道若纇, 上德若谷, 大白若辱, 廣德若不足, 建德若偸, 質眞若偸, 大方無隅, 大器晚成, 大音希聲]." 생멸조차 넘어서 가는 이 숭고한 수행의 길에 배추 잎사귀 하나로 드리우는 그늘 동정 따위가 웬 말이냐! 수행은 자발적으로 고난에 드는 것이다. 그런데 고난을 피하라니!

치워라, 그늘!

이 서늘한 외침이 심인을 꽝, 하고 찍는다. 이 외침은 이미 참―나에 도달한 자만이 내지를 수 있는 도저한 자존과 자긍의 외침이다.

🖊 김신용은 1945년 부산에서 태어났다. 해방둥이다. 시인은 밑바닥 삶을 전전했다고 한다. 오래전 시인이 쓴 『고백』

이란 두 권짜리 자전소설을 읽은 적이 있다. 10대 때 낯설고 물선 서울로 상경하여 밑바닥 일 중에서 해보지 않은 일이 없다는 고백은 처연하다. "380cc 채혈병 속으로 비루한 피가 쪼록쪼록 떨어진다. 피는 밥이다. 채혈실 밖에는 뱃속이 쪼르륵거리는 빈대꾼들. 비루먹은 개 같다. 돈 외에 따로 주는 빵 둘을 노린다. 이틀 치 밥값을 손에 쥔 '쪼록꾼'은 서대문 네거리 옛 적십자병원을 나서 전라도 밥집으로 향한다." 한 끼를 때우기 위해서 매혈을 하고, 정관수술을 하는 대목을 읽으며 놀란 기억이 생생하다. 어디까지가 체험이고 허구인지 명확하지는 않다. 부랑자의 삶에 대한 보고서와 같은 그 책은 페이지마다 굶주림, 날품팔이, 매혈, 윤간…… 등으로 참혹했다. 그이는 남대문시장, 서울역 광장 일대, 사창가, 중랑천변 등의 바닥을 떠돌았다. "한때 지게는 내 등에 접골된 뼈였다"라고 쓸 정도로 지게를 지고 짐을 나르는 막노동꾼이었다. 14세에 집을 나와 굶기와 노숙으로 얼룩진 부랑자로 버티며 한국의 장 주네Jean Genêt라고 부를 만한 실팍한 밑바닥 삶 체험의 두께를 만든다. 삶의 최소주의라는 악조건을 뚫고 마침내 시인으로 나오는데, 초기 시의 상당 부분은 빈민굴과 지옥의 소굴을 탁발승같이 부랑했던 체험에서 그 자양분을 길어온다.

그런 그이가 『도장골 시편』이라는 시집을 냈다. 시집의 표제로 쓰인 도장골은 충북 충주 인근의 작은 산골 마을이다. 이 빼어난 시집은 그 시골에서 만난 천지만물의 생명 현상이 마음에 불러일으킨 놀라움을 담고 있다. 부랑자로 떠돌던 시절의 어두운 과거 기억들이 희미해졌다는 뜻이다. 물론 그이가 과거의 쓰린 기억들에서 완전히 자유로운 것은 아닌 듯하다.

그때, 나는 문득 풀의 짐은 이슬! 이라는 생각을 했었다. 지게도 없이, 짓누르는

무게를 버틸 지게 작대기도 없이

(중략)

등의 짐

무거울수록, 두 다리 힘줄 버팅겨

일어서는 풀잎,

그 달빛 아래

빛나는 풀의

푸른 잔등

－「도장골 시편－이슬」 중에서

잎 지고 나니, 등걸에 끈질기게 뻗어 오른 넝쿨의 궤적이 힘
줄처럼 도드라져 보인다
무거운 짐 지고 비계飛階를 오르느라 힘겨웠겠다. 저 넝쿨
- 「도장골 시편-넝쿨의 힘」 중에서

뱀이 햇볕을 쪼기 위해 나와 있었다
아직 동면冬眠의 집을 구하지 못한 것 같은 어린 뱀이었다
- 「도장골 시편-입동立冬」 중에서

이 구절들에서 공사장에서 무거운 등짐을 지며 힘겨웠던 기
억을, 집 없이 떠돌던 노숙자의 흔적을 엿보는 것은 비약이 아
닐 것이다. 그이는 얼마 전 도장골에서 나와 경기도 시흥의 소
래 벌판에서 새 삶을 일구고 있다. 1988년 『현대시사상』을 통
해 문단에 데뷔하고 〈천상병문학상〉, 〈소월시문학상〉, 〈노작
문학상〉을 수상했으며, 『고백』1, 2권, 『기계앵무새』, 『새를 아
세요?』 등의 소설과, 『몽유 속을 걷다』, 『버려진 사람들』, 『환
상통』, 『도장골 시편』 등의 시집을 냈다.

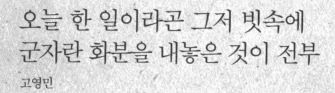

오늘 한 일이라곤 그저 빗속에
군자란 화분을 내놓은 것이 전부

고영민

비가 좋이 온다

13층 베란다에 놓여 있던 군자란 화분 두 개를 끙끙 옮겨

1층 화단 앞에 내놓는다

하루 종일 밖에 나가지 않았다

거실에서 꾸벅꾸벅 졸았다

몸이 나른하고 쑤셨다

비가 오신다고,

봄이 오신다고 중얼거려보았다

저녁까지 비가 그치지 않았다

엘리베이터를 타지 않고

1층까지 일부러 한 발 한 발 내려가보았다

아침녘 내놓은 군자란 두 분※이 빗속에 젖어 있었다

뿌리까지 젖어 있었다

더 무거워진 화분을 옮겨

다시 1층에서 13층을 오르면서

이곳은 물관이라고,

물이 오른다고 또 중얼거려보았다

『사슴공원에서』, 창비, 2012.

아파트 생활자가 실내에서 하는 노동이란 수평적인 게 대부분이다. 무엇을 치우거나 옮기는 것 따위가 다 평면에서 이루어진다. 이 시에서는 드물게 13층에서 1층으로, 다시 1층에서 13층으로 몸을 수직으로 이동하면서 행한 노동에 대해 적고 있다. 즉 13층 아파트 베란다에 있던 군자란 화분 두 개를 옮겨 아파트 1층 화단에 내놓았다가, 다시 이것을 13층 베란다로 옮겨놓는 것이다. 무거움을 무거움으로 온전히 감당한 이 노동은 의연하다. 우리는 아무 불평도 하지 않았다. 이 무거운 것을 들고 엘리베이터를 이용하지 않고 일부러 계단으로 한 층 한 층 내려갔다가 올라온다. 그 이동 경로가 곧 '물관'으로 바뀌면서 아파트라는 무생명의 콘크리트 공간은 수액이 흐르는 말랑말랑한 생명의 공간으로 탈바꿈한다.

비의 주요 성분은 물이고, 물은 생명의 주요 성분이다. 인류의 조상은 물에서 살다가 뭍으로 기어 나왔다. 물속에서 숨을 쉬던 아가미가 퇴화하고 그 자리에 턱이 단단해졌다. 뭍으로 나와서도 사람의 몸을 이루는 살과 피의 70퍼센트가 물이다. 사람은 저마다 작은 바다다. 지금 지구에 70억의 인류가 산다면 지구라는 행성에는 70억 개의 작은 바다들이 점점이 흩어져 있는 셈이다. 물은 저의 인력으로 물을 끌어당기는데, 몸이 물에 무의식적으로 반응한다는 사실은 「민물」이라는 시에도 암시되어 있다.

어탕이 끓는 동안
깜박 잠이 든 세 살 딸애가
자면서 웃는다
오후의 볕이 기우는 사이,
어디를 갔다 오느냐
이제 막 민물의 마음이 생기기 시작한
아가미의 아이야

– 「민물」 중에서

이 시구에 따르면, 사람은 자라면서 민물의 마음을 갖고, 민물의 웃음을 웃는다. 어린 딸애 역시 물로 이루어진 생명이다. 생명을 이루는 본질이 물이니, 제 안에 있는 물의 생리를 사람이 따르는 것은 자연스럽다. 어린 딸애는 민물의 마음을 품고 있기에 자면서까지 민물의 미소를 머금는 것이다. 우리 안에서 물이 굽이칠 때 우리는 다른 몸의 물을 그리워하고, 다른 물을 사랑하는 일에 빠지기도 할 것이다. 그러니 아파트 생활자가 봄비에 반응한 것은 당연하다.

비가 오신다고,
봄이 오신다고 중얼거려보았다

비가 오신다고, 봄이 오신다고 중얼거린 것은 몸 밖의 물에 대해 몸 안의 물이 반응한 것이다. 봄비는 몸의 뼛속과 혈관에 있는 물들을 깨운다. 비가 오면 뭔가가 일어난다. 비는 곧 생명의 순환이기 때문이다. '빗속에 군자란 화분을 내놓는' 노동으로 이끈 것은 봄비다. 비는 우리 내면에서 사라진 계절의 감각을 일깨운다. 그게 비의 숨겨진 재능이다. 소설가 마르탱 파주Martin Page는 "비가 내리면 우리는 발아한다. 비옥함은 정신의 한 자질이다. 새싹, 떡잎, 생각들이 자라난다"고 말한다. 봄비는 입춘과 우수 사이에 내린다. 봄비는 마른 땅만 적시는 게 아니고, 우리의 혈관과 머릿속을 두드리고, 메마른 마음으로 스며든다. 봄비는 마음속에서 변화를 일으킨다. 아파트 생활자의 몸이 나른하고 쑤신 것은 제 안에서 무언가가 자라나는 징후였던 셈이다. 비는 아파트 생활자의 내면에서 새싹, 떡잎,

생각 들이 자라게 한다. 오늘 봄비는 종일 내리는데, 그 봄비가 아파트 거실 가죽 소파에 몸을 눕히고 꾸벅꾸벅 졸던 가장을 벌떡 일으켜 세워 베란다에 있던 군자란 화분 두 개를 아파트 화단에 내놓는 노동으로 이끈다. 봄비가 수평적 습관에 길든 이 아파트 생활자를 수직 노동으로 안내했던 것이다.

당신이 그리운 오후,
꾸다 만 꿈처럼 홀로 남겨진 오후가 아득하다
잊는 것도 사랑일까
(중략)
저녁이 온다
울어야겠다
ㅡ「반음계」 중에서

「반음계」라는 시의 일부다. 문득 당신을 생각하고, 당신을 생각하면서 덧없이 흘려보낸 오후가 아득하다. 저녁이 왔을 때, 나는 울어야겠다고 생각한다. 울면서 흘리는 눈물도 물이다. 오후 내내 물인 당신을 생각했으니, 내 몸을 이루는 물을 조금 흘려보내는 일도 물의 일이다. 우리는 물로써 물의 일을 하며 일생을 보낸다. 애초에 인류는 물의 종자다. 몸은 음식을 담은 포대 자루이고, 동시에 물을 담은 포대 자루이기도 하다.

수국은 비어 있지
해 질 무렵, 나는 텅 빈 당신을 생각해보고
물종지 같은 당신을
오래오래 생각해보고
— 「수국」 중에서

작고 어여쁜 물종지 같은 당신. 내가 마음에 품어 오래 생각한 당신은 몸 안에 물을 가득 안고 있는 물종지다. 그랬으니 이런 구절은 자연스럽다.

아침녘 내놓은 군자란 두 분盆이 빗속에 젖어 있었다
뿌리까지 젖어 있었다

봄비는 부조리한 정열을 넘어서서 낙관주의를 키우고, 우리 안에 잠들어 있는 이타주의적 선량함을 일깨운다. 우리가 오늘 한 일이란 그저 빗속에 군자란 화분을 내놓은 것이 전부라고 할지라도, 아주 잘한 일이다. 베란다에서 화단으로 옮겨진 군자란은 뿌리까지 흠씬 젖을 정도로 봄비를 맞았다. 그것은 무관심에서 관심으로 회귀한 존재-사건이고, 스스로 움직일 수 없는 한 식물이 처한 곤란을 해결한 자비와 연민의 일이다. 종일 봄비가 내린다. 봄비는 우리와 물로 이어진 물의 자매들이다. 봄비 속에서 생각하느니, 너도 나도 물에 뿌리를 적시고 있다. 그게 사는 일인 것을.

✎＿＿ 고영민은 1968년 충남 서산에서 태어났다. 중앙대학교 문예창작과를 나오고, 2002년 『문학사상』 신인문학상을 받으며 등단한다. 지금까지 시집 『악어』, 『공손한 손』, 『사슴공원에서』를 냈으며, 〈지리산문학상〉을 수상했다. 대학 시절에는 시와 소설을 썼다는데, 얄궂게도 시가 먼저 문학지 공모에 당선하는 바람에 시인이 되었다. 등단한 첫해에 시 300여 편을 썼다니, 그런 과정을 거쳐 단단해진 내공이 느껴진다. 그와 대학 시절을 함께 보냈다는 시인의 말을 빌리면, 고영민은 "서산 출생, 안성에서 공부, 장호원에서 군 생활, 서울에서 직장, 다시 포항에서 회사를 다니고 있는 마흔다섯 먹은" 시인이다. 우리나라의 수많은 40대 남자의 이력에서 크게 벗어나

지 않는다. 고영민이 새로 낸 시집을 읽다가 이 구절에 오래 눈길이 머문다.

인중이 긴 하늘
선반에 들기름 한 병
―「망종芒種」 중에서

나는 이 시구에서 아득해졌다. 간결한 두 구절인데, 구절과 구절 사이에 여백은 넓다. 비약과 도약을 몇 차례 해도 그 여백은 채워지지 않는다. 하늘은 사람으로서는 어찌할 수 없는 천명 같은 것이다. 사람은 그 천명을 이고 산다. '선반에 들기름 한 병'은 우리가 마음먹으면 어찌 해볼 수도 있는 생활의 기물이다. 어찌 할 수 없는 것과 어찌 해볼 수 있는 것을 군더더기 하나 없이 견줘내며, 천명 아래에 있는 생명 가진 것의 불가피함을 이끌어내는 솜씨가 예사롭지 않다.

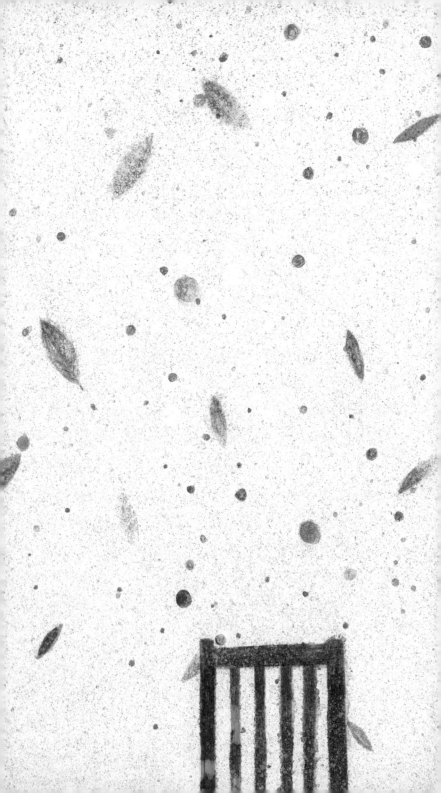

바람은 우주의 숨과 기운이다.
한 방울의 물도 품지 않은 바람은
그 메마름 때문에 현재적 고갈을 드러내지만,
반대로 무언가를 채울 수 있는
가능성의 개시이기도 하다.

책에서 이야기한 시들

T. S. 엘리엇
「불의 설교 the fire sermon」,『황무지』, 민음사, 1974.

고영민
「망종芒種」,『사슴공원에서』, 창비, 2012.

「민물」,『사슴공원에서』, 창비, 2012.

「반음계」,『사슴공원에서』, 창비, 2012.

「수국」,『사슴공원에서』, 창비, 2012.

「오늘 한 일이라곤 그저 빗속에 군자란 화분을 내놓은 것이 전부」,

『사슴공원에서』, 창비, 2012.

기형도
「빈집」,『입 속의 검은 잎』, 문학과지성사, 1991.

김소월

「풀따기」,『진달래』, 민음사, 1977.

김수영

「거짓말의 여운 속에서」,『거대한 뿌리』, 민음사, 1995.

「풀」,『거대한 뿌리』, 민음사, 1995.

김신용

「도장골 시편 – 넝쿨의 힘」,『도장골 시편』, 천년의시작, 2007.

「도장골 시편 – 민달팽이」,『도장골 시편』, 천년의시작, 2007.

「도장골 시편 – 이슬」,『도장골 시편』, 천년의시작, 2007.

「도장골 시편 – 입동立冬」,『도장골 시편』, 천년의시작, 2007.

「도장골 시편 – 폭설」,『도장골 시편』, 천년의시작, 2007.

김용택

「선운사 동백꽃」,『그 여자네 집』, 창비, 1998.

김행숙

「울지 않는 아이」,『사춘기』, 문학과지성사, 2003.

「이별의 능력」,『이별의 능력』, 문학과지성사, 2007.

「초대장」,『이별의 능력』, 문학과지성사, 2007.

김형영

「봄봄봄」,『시인수첩 2013년 겨울호』, 문학수첩, 2013.

류근

「극지極地」,『상처적 체질』, 문학과지성사, 2010.

「낮은 여름이고 밤부터 가을」,『상처적 체질』, 문학과지성사, 2010.

「너무 아픈 사랑」,『상처적 체질』, 문학과지성사, 2010.

「당신의 처음인 마지막 냄새의 자세」,『상처적 체질』, 문학과지성사, 2010.

「독백」,『상처적 체질』, 문학과지성사, 2010.

「머나먼 술집」,『상처적 체질』, 문학과지성사, 2010.

「반가사유」,『상처적 체질』, 문학과지성사, 2010.

「상처적 체질」,『상처적 체질』, 문학과지성사, 2010.

「위독한 사랑의 찬가」,『상처적 체질』, 문학과지성사, 2010.

「친절한 연애」,『상처적 체질』, 문학과지성사, 2010.

마종기
「바람의 말」,『안 보이는 사랑의 나라』, 문학과지성사, 1999.

「연가 10」,『안 보이는 사랑의 나라』, 문학과지성사, 1999.

「연가 13」,『마종기 시전집』, 문학과지성사, 1999.

「연가 9」,『안 보이는 사랑의 나라』, 문학과지성사, 1999.

문태준
「추운 옆 생각」,『그늘의 발달』, 문학과지성사, 2008.

박정대
「목련통신」,『내 청춘의 격렬비열도엔 아직도 음악 같은 눈이 내리지』,

민음사, 2001.

「무가당 담배 클럽과 바람의 국경선」,『내 청춘의 격렬비열도엔 아직도 음악

같은 눈이 내리지』, 민음사, 2001.

「무가당 담배 클럽에서의 술고래 낚시」,『내 청춘의 격렬비열도엔 아직도 음악

같은 눈이 내리지』, 민음사, 2001.

「버찌는 벚나무 공장에서 만든다」, 『내 청춘의 격렬비열도엔 아직도 음악 같은

눈이 내리지』, 민음사, 2001.

「사곶 해안」, 『아무르 기타』, 문학사상사, 2004.

「열두 개의 촛불과 하나의 달 이야기」, 『내 청춘의 격렬비열도엔 아직도 음악

같은 눈이 내리지』, 민음사, 2001.

「음악들」, 『내 청춘의 격렬비열도엔 아직도 음악 같은 눈이 내리지』,

민음사, 2001.

「집으로 가는 길」, 『내 청춘의 격렬비열도엔 아직도 음악 같은 눈이 내리지』,

민음사, 2001.

박준
「관음觀音-청파동 3」, 『당신의 이름을 지어다가 며칠은 먹었다』,

문학동네, 2012.

「꾀병」, 『당신의 이름을 지어다가 며칠은 먹었다』, 문학동네, 2012.

「당신의 이름을 지어다가 며칠은 먹었다」, 『당신의 이름을 지어다가 며칠은 먹

었다』, 문학동네, 2012.

「동지冬至」, 『당신의 이름을 지어다가 며칠은 먹었다』, 문학동네, 2012.

「미인처럼 잠드는 봄날」, 『당신의 이름을 지어다가 며칠은 먹었다』,

문학동네, 2012.

「슬픔은 자랑이 될 수 있다」, 『당신의 이름을 지어다가 며칠은 먹었다』,

문학동네, 2012.

「오늘의 식단-영癮에게」, 『당신의 이름을 지어다가 며칠은 먹었다』,

문학동네, 2012.

「유성고시원 화재기」, 『당신의 이름을 지어다가 며칠은 먹었다』,

문학동네, 2012.

「잠들지 않는 숲」, 『당신의 이름을 지어다가 며칠은 먹었다』, 문학동네, 2012.

「천마총 놀이터」, 『당신의 이름을 지어다가 며칠은 먹었다』, 문학동네, 2012.

「태백중앙병원」, 『당신의 이름을 지어다가 며칠은 먹었다』, 문학동네, 2012.

서정주

「동천冬天」, 『선운사 동백꽃 보러갔더니』, 시인생각, 2012.

「선운사 동구禪雲寺 洞口」, 『선운사 동백꽃 보러갔더니』, 시인생각, 2012.

「자화상」, 『선운사 동백꽃 보러갔더니』, 시인생각, 2012.

송찬호

「고양이」, 『고양이가 돌아오는 저녁』, 문학과지성사, 2009.

「고양이가 돌아오는 저녁」, 『고양이가 돌아오는 저녁』, 문학과지성사, 2009.

「사과」, 『고양이가 돌아오는 저녁』, 문학과지성사, 2009.

「일식」, 『고양이가 돌아오는 저녁』, 문학과지성사, 2009.

「임방울」, 『붉은 눈, 동백』, 문학과지성사, 2000.

신경림

「가난한 사랑노래」, 『가난한 사랑노래』, 실천문학사, 2013.

「가난한 아내와 아내보다 더 가난한 나는」, 『사진관집 이층』, 창비, 2014.

「겨울밤」, 『농무』, 창비, 1975.

「쓰러진 것들을 위하여」, 『사진관집 이층』, 창비, 2014.

신동옥

「동복冬服」, 『웃고 춤추고 여름하라』, 문학동네, 2012.

「이복異腹」, 『웃고 춤추고 여름하라』, 문학동네, 2012.

「이사철」, 『웃고 춤추고 여름하라』, 문학동네, 2012.

「초파일 산책」, 『웃고 춤추고 여름하라』, 문학동네, 2012.

「포역暴炎의 무리여, 번개의 섭리를 알고 있다」, 『웃고 춤추고 여름하라』,

문학동네, 2012.

「회기回期」, 『웃고 춤추고 여름하라』, 문학동네, 2012.

신미나
「낮잠」, 『싱고, 라고 불렀다』, 창비, 2014.

「다섯째 언니」, 『싱고, 라고 불렀다』, 창비, 2014.

「묘의 함㮰」, 『싱고, 라고 불렀다』, 창비, 2014.

「소매치기는 예쁘다」, 『싱고, 라고 불렀다』, 창비, 2014.

「안식일」, 『싱고, 라고 불렀다』, 창비, 2014.

「연」, 『싱고, 라고 불렀다』, 창비, 2014.

「윤달」, 『싱고, 라고 불렀다』, 창비, 2014.

「입동」, 『싱고, 라고 불렀다』, 창비, 2014.

윤동주
「서시」, 『윤동주 시집』, 범우사, 2002.

이경임
「겨울 숲으로 몇 발자국 더」, 『겨울 숲으로 몇 발자국 더』, 문학과지성사, 2011.

「고독」, 『겨울 숲으로 몇 발자국 더』, 문학과지성사, 2011.

「곡예사」, 『겨울 숲으로 몇 발자국 더』, 문학과지성사, 2011.

「길거리에 핀 이름 모를 잡초」, 『겨울 숲으로 몇 발자국 더』,

문학과지성사, 2011.

「꽃씨에 대한 명상」,『겨울 숲으로 몇 발자국 더』, 문학과지성사, 2011.

「꿈의 해석」,『겨울 숲으로 몇 발자국 더』, 문학과지성사, 2011.

「냄새」,『겨울 숲으로 몇 발자국 더』, 문학과지성사, 2011.

「네가 없는 곳」,『겨울 숲으로 몇 발자국 더』, 문학과지성사, 2011.

「바람 한 줄기」,『겨울 숲으로 몇 발자국 더』, 문학과지성사, 2011.

「비밀」,『겨울 숲으로 몇 발자국 더』, 문학과지성사, 2011.

「종착역」,『겨울 숲으로 몇 발자국 더』, 문학과지성사, 2011.

「죽음에 대한 명상」,『겨울 숲으로 몇 발자국 더』, 문학과지성사, 2011.

「하늘」,『겨울 숲으로 몇 발자국 더』, 문학과지성사, 2011.

이덕규
「간발의 차이」,『밥그릇 경전』, 실천문학사, 2009.

「다국적 구름공장 안을 엿보다」,『다국적 구름공장 안을 엿보다』,

문학동네, 2003.

「뚝딱, 한 그릇의 밥을 죽이다」,『밥그릇 경전』, 실천문학사, 2009.

「머나먼 돌멩이」,『밥그릇 경전』, 실천문학사, 2009.

「연애질」,『밥그릇 경전』, 실천문학사, 2009.

「우리집 식구 중에는 귀신이 더 많다」,『다국적 구름공장 안을 엿보다』,

문학동네, 2003.

「한판 밥을 놀다」,『밥그릇 경전』, 실천문학사, 2009.

이문재
「고비 사막」,『마음의 오지』, 문학동네, 1999.

「농업박물관 소식 – 우리 밀 어린싹」, 『마음의 오지』, 문학동네, 1999.

「배꽃은 배 속으로 들어가 문을 잠근다」, 『마음의 오지』, 문학동네, 1999.

이병률

「내 마음의 지도」, 『당신은 어딘가로 가려 한다』, 문학동네, 2005.

「뒷모습」, 『바람의 사생활』, 창비, 2006.

「봉인된 지도」, 『바람의 사생활』, 창비, 2006.

「생의 절반」, 『당신은 어딘가로 가려 한다』, 문학동네, 2005.

「시인들」, 『당신은 어딘가로 가려 한다』, 문학동네, 2005.

「피의 일」, 『바람의 사생활』, 창비, 2006.

이영광

「깔깔대는 혼」, 『나무는 간다』, 창비, 2013.

「나무는 간다」, 『나무는 간다』, 창비, 2013.

「두부」, 『나무는 간다』, 창비, 2013.

「오일장」, 『나무는 간다』, 창비, 2013.

「저녁은 모든 희망을」, 『나무는 간다』, 창비, 2013.

이장욱

「10년 후의 야구장」, 『정오의 희망곡』, 문학과지성사, 2006.

「결정」, 『정오의 희망곡』, 문학과지성사, 2006.

「소음들」, 『정오의 희망곡』, 문학과지성사, 2006.

「정오의 희망곡」, 『정오의 희망곡』, 문학과지성사, 2006.

「좀비 산책」, 『정오의 희망곡』, 문학과지성사, 2006.

이진명

「고아」, 『세워진 사람』, 창비, 2008.

「국제연등선원」, 『세워진 사람』, 창비, 2008.

「나의 눈」, 『세워진 사람』, 창비, 2008.

「손거스러미의 시간」, 『세워진 사람』, 창비, 2008.

「윤희 언니」, 『세워진 사람』, 창비, 2008.

「죽집을 냈으면 한다」, 『단 한 사람』, 열림원, 2004.

이혜미

「거울 속 일요일」, 『보라의 바깥』, 창비, 2011.

「들키지 마라」, 『보라의 바깥』, 창비, 2011.

「마트로시카」, 『보라의 바깥』, 창비, 2011.

「소름」, 『보라의 바깥』, 창비, 2011.

「투어鬪漁」, 『보라의 바깥』, 창비, 2011.

장석남

「꽃이 졌다는 편지」, 『젖은 눈』, 문학동네, 2009.

「돌맹이들」, 『젖은 눈』, 문학동네, 2009.

「방을 깨다」, 『미소는, 어디로 가시려는가』, 문학과지성사, 2005.

「자화상」, 『젖은 눈』, 문학동네, 2009.

「창窓을 내면 적敵이 나타난다」, 『미소는, 어디로 가시려는가』,

문학과지성사, 2005.

장인수

「망망대혀」, 『온순한 뿔』, 황금알, 2009.

「봄에는 구멍이 많아진다」, 『온순한 뿔』, 황금알, 2009.

「수화手話」, 『온순한 뿔』, 황금알, 2009.

「암흑」, 『온순한 뿔』, 황금알, 2009.

「어느 짐승의 시간」, 『온순한 뿔』, 황금알, 2009.

「오리 떼의 비상」, 『온순한 뿔』, 황금알, 2009.

「온순한 뿔」, 『온순한 뿔』, 황금알, 2009.

「울음 곳간」, 『온순한 뿔』, 황금알, 2009.

「칼」, 『온순한 뿔』, 황금알, 2009.

「혀」, 『온순한 뿔』, 황금알, 2009.

「후미」, 『온순한 뿔』, 황금알, 2009.

전윤호

「골키퍼」, 『늦은 인사』, 실천문학사, 2013.

「낮달」, 『늦은 인사』, 실천문학사, 2013.

「사소한 시인」, 『늦은 인사』, 실천문학사, 2013.

「삼월의 망명」, 『늦은 인사』, 실천문학사, 2013.

「섬 주막」, 『늦은 인사』, 실천문학사, 2013.

「작은 감자」, 『늦은 인사』, 실천문학사, 2013.

「전산옥」, 『늦은 인사』, 실천문학사, 2013.

정숙자

「무료한 날의 몽상－무위집無爲集 2」, 『열매보다 강한 잎』, 천년의시작, 2006.

「무인도」, 『열매보다 강한 잎』, 천년의시작, 2006.

「이브 만들기」, 『열매보다 강한 잎』, 천년의시작, 2006.

정재분

「나선 계단」, 『그대를 듣는다』, 종려나무, 2009.

「낮잠」, 『그대를 듣는다』, 종려나무, 2009.

「메주」, 『그대를 듣는다』, 종려나무, 2009.

「배꼽」, 『그대를 듣는다』, 종려나무, 2009.

「소나기」, 『그대를 듣는다』, 종려나무, 2009.

「숲에 내리는 비」, 『그대를 듣는다』, 종려나무, 2009.

「줄기세포」, 『그대를 듣는다』, 종려나무, 2009.

「취급주의 # 요하는 질그릇 사람」, 『그대를 듣는다』, 종려나무, 2009.

정호승

「그리운 부석사」, 『내가 사랑하는 사람』, 열림원, 2014.

조정권

「가난함」, 『고요로의 초대』, 민음사, 2011.

「고요로의 초대」, 『고요로의 초대』, 민음사, 2011.

「꽃을 전해 주는 스무 가지 방법 중에서 하나」, 『고요로의 초대』, 민음사, 2011.

「은둔지」, 『고요로의 초대』, 민음사, 2011.

「장벽」, 『고요로의 초대』, 민음사, 2011.

진은영

「N개의 기억이 고요해진다」, 『훔쳐가는 노래』, 창비, 2012.

「그 머나먼」, 『훔쳐가는 노래』, 창비, 2012.

「나의 친구」, 『우리는 매일매일』, 문학과지성사, 2008.

「멸치의 아이러니」, 『훔쳐가는 노래』, 창비, 2012.

「세상의 절반」,『훔쳐가는 노래』, 창비, 2012.

「앤솔러지」,『우리는 매일매일』, 문학과지성사, 2008.

「이 모든 것」,『훔쳐가는 노래』, 문학과지성사, 2012.

최승자
「쓸쓸해서 머나먼」,『쓸쓸해서 머나먼』, 문학과지성사, 2010.

KI신서 5895

너무 일찍 철들어버린 청춘에게

1판 1쇄 인쇄 2015년 4월 16일
1판 1쇄 발행 2015년 4월 24일

지은이 장석주
펴낸이 김영곤 **펴낸곳** (주)북이십일 21세기북스
부사장 이유남
인문기획팀장 정지은
책임편집 김찬성 **디자인** 이승은

영업본부장 안형태 **영업** 권장규 정병철 오하나
마케팅본부장 이희정 **마케팅** 민안기 강서영
출판등록 2000년 5월 6일 제10-1965호
주소 (우413-120) 경기도 파주시 회동길 201(문발동)
대표전화 031-955-2100 **팩스** 031-955-2151 **이메일** book21@book21.co.kr
홈페이지 www.book21.com **블로그** b.book21.com
트위터 @21cbook **페이스북** facebook.com/21cbooks

ⓒ 장석주, 2015

ISBN 978-89-509-5884-8 03810
책값은 뒤표지에 있습니다.

이 책 내용의 일부 또는 전부를 재사용하려면 반드시 (주)북이십일의 동의를 얻어야 합니다.
잘못 만들어진 책은 구입하신 서점에서 교환해 드립니다.